当代中国

对面的风景

王伟玲散文集

王伟玲 著

中国文联出版社

图书在版编目（CIP）数据

对面的风景：王伟玲散文集 / 王伟玲著 . -- 北京：
中国文联出版社，2018.8（2023.3 重印）
ISBN 978 - 7 - 5190 - 3863 - 2

Ⅰ. ①对… Ⅱ. ①王… Ⅲ. ①散文集—中国—当代
Ⅳ. ①I267

中国版本图书馆 CIP 数据核字（2018）第 198104 号

著　　者　王伟玲
责任编辑　刘　旭
责任校对　乔宇佳
装帧设计　中联华文

出版发行　中国文联出版社有限公司
地　　址　北京市朝阳区农展馆南里 10 号　　邮编　100125
电　　话　010 - 85923025（发行部）　　85923091（总编室）
经　　销　全国新华书店等
印　　刷　三河市华东印刷有限公司

开　　本　880 毫米×1230 毫米　　1/32
印　　张　6.5
字　　数　121 千字
版　　次　2023 年 3 月第 1 版第 2 次印刷
定　　价　58.00 元

目录

大师去也

今天打开手机，杨先生辞世的消息跃入眼睛，尽管知道会有这么一天，毕竟杨先生春秋已高，百岁增五，但是看到消息，泪水还是止不住滚落下来……这天，杨绛先生卸下了人生的华彩，退出了生活的喧嚣，她的面容应该更加风清月朗，宁静安详。

我找出杨先生百岁生日那天接受记者采访时的报纸，报纸已经泛黄，老人跨过世纪，照片中的她却依然精神矍铄，眉目间仍旧是脉脉含笑。这笑，似流水般温柔，慈眉善目；这笑，如磐石般坚强，不屈不挠；这笑，若喑哑般隐忍，抱冰握火……

杨绛先生不只是"钱锺书的太太"，更是一位钟灵毓秀的才女。她创作的剧本《弄假成真》《称心如意》《风絮》上演时轰动一时，先于钱公成名，她翻译了《1939年以来的英国散文选》、小说《小癞子》《堂吉诃德》和《斐多》等多部巨著。但是，作为一个女人，她始终站在丈夫钱锺书身后，不事张扬，不夺光芒，她是钱锺书心里"最贤的妻"。

她懂钱锺书，敬钱锺书，爱钱锺书，她是锺钟书的妻子、情人兼朋友。钱锺书不与世俗交接，每日以诗文度日，专注于读书著述。他被选去为《毛泽东选集》作翻译，他有机会"行走于南书房"，登庙堂入华宇，但他谢绝了，他更喜欢与书本打交道，以书生立世。杨绛对此从无怨言，她理解丈夫不为他人穿鼻络首的清高，不以尘世经怀的超然心态。钱锺书才高胆大，臧否人物口无遮拦，为此得罪不少人，她只是报之一笑，视其为"永远长不大的孩子"，从无责备。她鼓励钱锺书写《围城》，支持他潜心学问，她包揽下所有家务，令锺钟书为世人留下多部经典著作。

她永远站在钱锺书一边，哪怕是钱锺书的"淘气"。这个"长不大的孩子"曾为自家的猫因争风吃醋斗不过邻居林徽因家的猫，拿了竹竿来帮忙，可是力不从心。杨绛见状上前助他一臂之力，夫妻俩共同努力把林家的猫赶跑了，两人回到屋里关起门来偷着乐。杨绛就像一轮恬静的月亮，附丽在钱锺书的身旁，只是在钱锺书的光芒褪去明耀之后，她才显露出皎洁的月光。

杨绛出身名门，个子不高，看上去小家碧玉，是个手无缚鸡之力的柔弱女子，但在残酷的现实面前，为了心爱的丈夫，她一改大家闺秀的姿态，成了一个能干泼辣的妇人，看不到丝毫纤弱娇贵的影子。

当钱锺书即将下放到农村时，她为难以独自生活的丈夫缝补了一条裤子，"坐处像个布满经线纬线的地球仪，厚如角壳"。

钱锺书很是欣赏，说好比随身带了个座儿，随处都可以坐下。钱锺书下放后，她听说可以带床，为了让他睡得安稳踏实，她一个人在家把床拆了，可是怎么也捆不到一起，"只好分别捆，而且至少还欠一只手，只好用牙齿帮忙。用细绳缚住粗绳头，用牙咬住，然后把一张床分三部分捆好，各件重复写上默存的名字"。俨然一个市井壮妇。

在那个年代，杨绛的勇敢坚强给了只会读书的钱锺书无尽的慰藉。

女儿钱瑗一人到车站为她送行。杨绛上了火车就催促女儿回去，不必等到车开了再走。钱瑗一个人默默地走了，"看着她踽踽独归的背影，心上凄楚，忙闭上眼睛；闭上了眼睛，越发能看到她在我们那破残凌乱的家里，独自收拾整理，忙又睁开眼，车窗外已不见了她的背影。我又合上眼，让眼泪流进鼻子，流入肚里"。想到支离破碎的家，想到无人照顾的孤独的女儿，杨绛的心痛可想而知，但她强忍住自己不让眼泪出来，让它流进鼻子，流进肚里，流进心里，宁可自食那颗被蹂躏的痛苦的心。

杨绛的隐忍似火山，积聚了半个多世纪的悲痛与压力，终于在她92岁高龄时喷薄而出，写下了刻骨铭心的不朽之作《我们仨》。在《我们仨》里，她回忆了一家人在"文革"中遭遇的种种不幸：夫妻双双劳动改造蒙受屈辱；女婿德一含冤自杀无以挽回的哀痛；女儿承受的不为人所理解以及家庭破碎的双重打击。之后是钱锺书住进了医院，已是耄耋之年的杨绛，每天为丈夫送饭、送菜、送汤水。紧接着女儿钱瑗住进医院，于1997年早春去世，就在次年岁末，钱锺书又离她而去。她送走女儿，再送走丈夫，两年送走两位亲人，膝下无子无嗣，家里只剩下她一个孤寡老人，每天面对清冷的四壁，真不知是老天对她的眷恋还是命运对她的折磨。在"一个人思念我们仨"的日子里，她思念丈夫，思念女儿，她深爱这个家，深爱她的亲人。钱锺书渊博的知识，赤子般的真情，令她崇敬怜惜；女儿禀赋才气，却天不假年，令她悲恸。她在人生的边缘写下《我们仨》，"剩下的这个我，再也找不到他们了。我只能把我们一同生活的岁月，重温一遍，和他们再聚聚"。话语平淡，娓娓道来，不生涟漪，非九蒸九焙之人无此若谷胸襟。在我看来，杨先生重温我们仨，似炼狱，似涅槃，是浴火重生，《我们仨》化作了永世不朽的绚烂岩石。"昔我往矣，杨柳依依。今我来思，雨雪霏霏"，像是对杨先生人生的写照。

　　还有一个日子我永远不会忘记。7月17日，这天，我心爱的孩子破腹而出来到我身边，带给我人生最大的快乐和希望；这天，也是我敬仰的杨先生的诞辰之日。也许是上苍的眷顾，怜我对杨先生的无限崇拜，赐我孩子与她同一天生日，让我永远记住这个日子，记住杨绛先生！

　　我爱杨绛先生，敬仰杨绛先生。"不是花中偏爱菊，此花开尽更无花。"

2016 年 5 月 26 日凌晨

凡人鲁迅

近日在某读书群看到"好书推荐"，其中一本《凡人鲁迅》引起了我的兴趣，封面下方还有一行注脚："那些年，鲁迅经历的笔墨官司。"很想了解作为凡人的鲁迅鲜为人知的一面，也想弄清楚那些不明就里的笔墨官司到底是怎么回事，鲁迅与当事人之间究竟发生了什么，还想通过作品中涉及的人物探寻那个时代的风气，"好比从飞沙、麦浪、波纹里看出风的姿态（钱锺书）"。于是当即网购了一本《凡人鲁迅》。

书本到手，本想慢慢品读，殊不知展开书页便手难释卷，迫不及待一气读完，就像一个跑步运动员，只顾朝前奔跑，跑过终点方才停下脚步慢慢喘过气来，回望那段精彩的路程。回望中，一个满腔热血、张扬恣肆、疾恶如仇、慷慨激愤的"凡人鲁迅"在眼前立了起来……

毋庸置疑，鲁迅是伟大的，他唤醒世人，揭露黑暗，旗帜鲜明；鲁迅是坚韧的，他抵御强权，铁骨铮铮，英勇无畏；鲁迅又是温情的，他体恤柔弱，关注矜寡，甘为孺牛。鲁迅以笔代枪，化笔为刀，他的杂文、小说是一个时代的强音，一个世纪的回声，可与日月共长存，与天地并久大。鲁迅无愧九州中华之"民族魂"。

然而走下圣坛的鲁迅又是平凡的，他和常人一样富有个性，他争强好胜，狷介孤高，棱角分明，锱铢必较。如果说鲁迅对待敌人如农夫见莠势必锄之，将封建保守的旧传统、旧文化批驳得体无完肤，他对待曾经一个阵营里的战友——或因思想分歧、或因个人恩怨而导致反目的对手，也同样不依不饶，强硬到底，似有"吾死而有知，必为厉鬼以击之"之慨。这一天性禀赋，造就了鲁迅落落寡合，与众多友人分道扬镳，内心深处也不甚愉快。

比如与陈源的笔墨官司。

陈源早年留学英国，获得伦敦大学博士学位，1922年回国后担任北京大学外文系教授。陈源在英国接受的是绅士教育，又受儒家思想影响，素持"理性中立客观"之立场，在北京女师大学潮事件上与鲁迅有了分歧。

如果说之前两人的笔战只像乒乓球桌上的来回对抽，你来我往，形同游戏，但在后来的一场论战中，陈源说鲁迅的《中国小说史略》有剽窃之嫌，这彻底激怒了鲁迅，他是绝对咽不下这口气的，必须将对方死死扣杀，并踩上一脚，方解心头之恨。

陈源在《闲话的闲话之闲话引出来的几封信》里说：他常常挖苦别人家抄袭……可他自己的《中国小说史略》就是取自日本人盐谷温的《支那文学概论讲话》里面的"小说"一部分。"其实拿人家的著述做你自己的蓝本，本可以原谅，只要你书中有那样的声明。"可是鲁迅先生就没有那样的声明……"窃钩者诛，窃国者侯"本是自古已有的道理。

鲁迅在《不是信》里回讽陈源，骂他是"臭茅厕"、是"粪车"，讽刺他是"某籍"、是打引号的"正人君子"。痛骂之后，笔锋一转，针对陈源的"剽窃"指控，有理有据地说明："盐容氏的书，确是我的参考书之一，我的《中国小说史略》二十八篇的第二篇，是根据它的，还有论《红楼梦》的几点和一张《贾氏系图》也是根据它的，但不过是大意，次序和意见就很不同。其他二十六篇，我都有我独立的准备，证据是和他的所说还时常相反……其余分量，取舍，考证的不同，尤难枚举。"同时鲁迅承认，自己没有在书中注明所参考的书目。

实际上鲁迅和盐谷温还互有赠书，剽窃者与被剽窃者不可能有如此友好关系。胡适后来就说："说鲁迅抄盐谷温，真是万分的冤枉。盐谷一案，我们应该为鲁迅洗刷明白。"

尽管有人主持公道，鲁迅还是耿耿于胸，不能释怀。事情过去十年之后，他在《且介亭杂文二集》后记里再次提道："在《中国小说史略》日译本的序文里，我声明了我的高兴，但还有一种原因我未曾说出，是经十年之久，我竟报复了我个人的私仇。当一九二六年时，陈源即西滢教授，曾在北京公开对于我的人身攻击，说我的这一部著作，是窃取盐谷温教授的《支那文学概论讲话》里面的'小说'一部分的；《闲话》里的所谓'整大本的剽窃'指的也是我……呜呼，'男盗女娼'是人间大可耻事，我负了十年'剽窃'的罪名，现在总算可以卸下，并且将'谎狗'的旗子，回敬自称'正人君子'的陈源教授，倘他无法洗刷，就只好插着生活，一直带进坟墓里去了。"此言似乎能听见鲁迅愤怒的啮齿声。

陈源后来向徐志摩诉苦说："鲁迅先生一下笔就想构陷人家罪状。他不是减，就是加……他是中国'思想界的权威者'，轻易得罪不得的。"他感到十分委屈。

鲁迅眼里容不得沙子，得罪了他是睚眦必报的，哪怕十年不晚。

林语堂说："鲁迅与我相得者二次，疏离者二次，其即其离，皆出自然，非吾与鲁迅有轻轩于其间也。吾始终敬鲁迅；鲁迅顾我，我喜其相知，鲁迅弃我，我亦无悔。大凡以所见相左相同，而为离合之迹，绝无私人意气存焉。"

这只是林语堂的一厢情愿，鲁迅没有这么淡然的"无私人意气存焉"。

林语堂留洋回国后，曾担任蔡元培的英文秘书。后来自主创业，主编了《论语》杂志，后又创办了《人世间》《宇宙风》，大力弘扬"幽默文学"和"闲适小品"，被称为"幽默大师"。

鲁迅很赏识林语堂的才学，但他不喜亦不善于幽默，他认为像中国和印度这样的国家不可能有"幽默"，因为"皇帝不肯笑，奴隶是不准笑的"。他写信劝林语堂不要再写幽默、小品文这种小玩意儿，有此精力不如多翻译一些英国文学名著。鲁迅当然是好意，不想浪费林语堂的翻译才华。林语堂回信说等老了再做这些事。岂料说者无心，听者有意，这话鲁迅听了顿时火冒三丈，认为这是林语堂在讥讽他老了："这时我才悟到我的意见，在语堂看来是暮气……"至此鲁迅与林语堂存了芥蒂。林语堂后来无奈地解释："我的原意是说，我的翻译工作要在老年再做。因为我中年时有意把中文作品译成英文……现在我说四十译中文，五十译英文，这是我工作时期的安排，哪有什么你老了，只能翻译的嘲笑意思呢？"

这些不经意的误会，让两人越走越远。后来林语堂再赴美国，与鲁迅就此永别了。鲁迅去世后，林语堂对他有评价，有人说这一评价似乎是对鲁迅的定性。林语堂说："鲁迅与其称为文人，不如号为战士。战士者何？顶盔披甲，持矛把盾交锋以为乐。不交锋则不乐，不披甲则不乐，即使无锋可交，无矛可持，拾一石子投狗，偶中，亦快然于胸中，此鲁迅之一副活形也。"他对鲁迅的死因也有分析："然鲁迅亦有一副大心肠。狗头煮熟，饮酒烂醉，鲁迅乃独坐灯下而兴叹。此一叹也，无以名之。无名火发，无名叹兴……火发不已，叹兴不已，于是鲁迅肠伤，胃伤，肝伤，肺伤，血管伤，而鲁迅不起，呜呼，鲁迅以是不起。"

鲁迅既为"战士",一生战斗不已,与敌人战,与友人斗。他批判林纾;厌恶顾颉刚;愤恨章士钊;斥梁实秋是"资本家的走狗";怒高长虹之恶毒;不屑"才子＋流氓"的创造社;他与兄弟阋墙;认为胡适"厚颜忸怩"……

尽管如此,1927年陈源发表《新文学运动以来的十部著作》仍把鲁迅的《呐喊》收入其中,并给予了高度评价。陈源晚年编辑自己的《西滢闲话》时,把当年攻击鲁迅的文字统统删除。对鲁迅无甚好感的梁实秋赞赏鲁迅的散文:"恶辣,著名的'刀笔',用于讽刺是很深刻有味的,他的六七本杂感是他最大的收获。"对于"恶毒"的高长虹,鲁迅在编自己的文集时,始终没有将他攻击高长虹的激烈文章收入。高长虹也承认鲁迅是天才作家,承认鲁迅"为青年开路",承认鲁迅对作品的鉴赏力,毫不动摇地捍卫鲁迅艺术家的地位。"厚颜忸怩"的胡适在鲁迅辞世后充分肯定鲁迅的文学作品和他对小说的研究成果,并积极奔走,为《鲁迅全集》的顺利出版发挥了重要作用。1943年元旦,身在美国的胡适,花了二十美元买下了三十大本的《鲁迅三十年集》。

《凡人鲁迅》不仅让读者看到了一个立体而全面的常人鲁迅,还通过这部作品,透过鲁迅,看到一群与之交接的那个年代的大师们,他们意气风发斗志昂扬的精神面貌,出类拔萃钟灵毓秀的学识才华,不以人废言不以己蔽人的宽广胸襟,尊重作品尊重艺术的理性态度，这些高尚品格值得今人学习、景仰。

《凡人鲁迅》是一本值得一读的好书。

吃水不忘挖井人，读书不忘作者情。本书的作者为青年作家张守涛。

不忘的老师

　　最近一位年迈的失联多年的中学老师几经周折被找到了，原来老师已移居海外多年，不少同学闻讯后向老师致以问候，并请一位同在一地的同学代为转达。

　　我没有加入问候之列，我以为老师的记忆之门已经关闭，老师一生桃李天下育人无数，留在记忆深处那个小花园里的只有几株奇葩异花，对花园以外漫山遍野的纤纤小草"草色遥看近却无"，所以我的问候可以当成无，我在心里为老师祝福。然而，不论老师眼里的学生是草色还是花色，好的老师如一尊雕塑，永远树立在学生心中。

　　在我心里就有两位这样的老师，我永远不会忘记，他们是江西大学新闻系的刘纶鑫老师和易平老师，易平老师讲"文学赏析"，刘纶鑫老师教"古代汉语"。

　　江西大学如今更名为南昌大学，从情感上来讲还是更喜欢"江大"，亲切而温暖，不见得并不以为校区扩建了学校就"高大上"了，教育来自教育者的思想，不在于规模有多大，气势多宏伟，美国一些著名的文理学院都是精致而规模不大的，却培养了无数精英，学术声誉不逊于常春藤盟校。

刘纶鑫老师中等身材，不胖不瘦，总是面带笑容不紧不慢地走进教室，给人如沐春风的感觉。刘老师浑身散发出书卷气，看他拿着教材步履稳健的样子，总让我想到峨冠长袍的士大夫，儒雅而绅士。刘老师的翩翩风度与他所教的课程甚为契合。

刘老师声音浑厚，富有磁性，带着共鸣腔，每说一句话余音绕梁，甚是好听。他讲《诗经》，讲《水经注》，讲《郑伯克段于鄢》《公冶长》。他讲《齐桓公伐楚》，一边是理直气壮不卑不亢的楚使，一边是狡黠诡辩巧舌如簧的管仲，一边是气宇轩昂霸道而蛮不讲理的齐桓公，刘老师讲得绘声绘色抑扬顿挫，就像说书一样，再配以形体动作，那些远古人物一个个活了起来。刘老师讲得投入，同学们听得入神，每篇课文从字句到内容都给同学们留下深刻印象。有一次刘老师在分析一篇课文，讲到精彩处时突然结束，就像音乐进入高潮时戛然而止一样，同学们还沉浸在课文的场景中，教室里鸦雀无声，几秒钟后一阵哗然，哄堂大笑，那份默契，那份融洽，至今回味无穷。古人云："善歌者使人继其声，善教者使人继其志。"自从上了刘老师的课后，不少同学爱上了古文，爱上了博大精深灿若瑰宝的古汉语文化。

刘纶鑫老师现在是南昌大学客赣方言与语言应用研究中

心主任、中国音韵研究会理事、中国汉语方言学会理事、江西省政府特殊津贴获得者。刘纶鑫老师正如他的名字一样满腹经"纶"，他的课总是让同学们"鑫"花怒放。

易平老师个子不高，清瘦精干，那时还不到五十岁，戴一副深色镜框眼镜，面部线条明晰，经常穿一件两个口袋的藏青色外套，走在人群里似万树丛中一点绿，不出众不冒尖儿。但是，当他走上讲台时，顿时变成了另一个人，目光炯炯有神，仿佛登台入戏进了角色。易平老师讲"文学赏析"，他挑选一些古人的经典佳作，篇篇都是感染打动了他的好文章，老师再以他自己的感受传授给学生。他分析文章入情入理，人物情怀经老师之解愈增其美，山川河流借老师之口倍增欢悲。他上课热情奔放，汪洋恣肆，情到亢奋时笔头横飞。易平老师常常会做一个潇洒的动作，随着最后一句话的结束将手中的粉笔头抛向窗外，那是一篇课文的休止符，一段情结的断水刀……我们沉醉于文中的意境忘了下课，直到窗外无数个脑袋朝里张望才知铃声已经响过。记得张岱说过："人无癖不可与交，以其无深情也。"易平老师之癖在于他对古文的如痴如醉，对文章作者的无限深情。

已经多年没见到易平老师了，想看看老师如今的面容，于是到网上搜索。没有老师的信息，却意外地看到了学弟学妹们对老师的评语，其中有几位学生的留言很有代表性，一位同学写道："易老师确实是学识渊博，真正意义上的教授，精于自己的学术，而且对学生们很好，为人和善很有耐心，对人总是报以理解之心，能帮都会尽量帮助你呢，毕业这些年了，对易老师很是想念！"另一位同学写道："当年老师教我们的是诗词赏析和古诗文，毕业论文都是易老师带的呢，真是很想念！"还有同学写道："没有比这更好的老师了！难得的好老师！用灵魂讲课的老师！大学期间唯一会因为课讲得好而吸引我去听课的老师！是一个极有风骨和个性的老头儿。"

是的，易平老师就是这样一位真诚而谦逊，清高而不媚俗，极有个性和风骨的好老师！

"郎圣母"

当有人叫郎平"圣母"的时候我想笑，郎平和圣母，扯得上吗？

世界上没人见过圣母，但世界上有许多人在心里描绘自己的圣母。见过不少圣母画像，比如怀抱耶稣的圣母，或者双手合十为人类祈福的圣母，或者站立于花环中间播洒恩惠的圣母，等等，都是画家心里的圣母。不管什么样的圣母画像，她的面容都是柔和恬静的，淡定而从容。圣母英译叫马利亚，在亚兰文里是"苦涩"的意思，似乎注定圣母的一生痛苦而辛酸，同时内心又充满希望和幸福。仔细看圣母画像，自上而下由内而外，散发出一种超乎常人的柔韧气质。

圣母—郎平，郎平—圣母，郎圣母，这是广大球迷和粉丝给予郎平的称谓。

北京时间 2016 年 8 月 21 日，是个周末，这天上午，人们坐在电视机前，紧张地观看正在里约热内卢马拉卡纳奇诺体育馆进行的中国女排对塞尔维亚争夺奥运冠军的一场决赛。

这天，神州大地几乎万人空巷，相信世界各地热爱排球的亿万观众也在收看这场精彩而激烈的女排冠军争夺战。

两队女排势均力敌，旗鼓相当，最终结果胜败难料。交战双方骁勇善战，你有进攻我有防卫，你有远扣我有秒杀，一方高举高打，一方重拳还击……比赛就这么撕咬着胶着着进行，你争一分我抢一分。比分越来越接近终结，观众的心提到了嗓子眼儿。这个时候既看场上鏖战的队员，也看场下各自的教练，看他们如何运筹帷幄，如何冷静分析，特别是每次丢分的时候，或者对手愈战愈勇风头正劲的时候，这个时候观众更多的是看教练的反应。

塞尔维亚主教练泰尔齐奇嚼着口香糖在场外一刻不停地来回走动，表情严峻，目光犀利地盯着他的队员，他嚷着喊着指挥他的队员打球。

再看郎指导，整个过程没有丝毫的不安和急躁。当队员们打得不顺手而对方士气正酣时，她立即叫停，这既是战术上的需要，也是一种心理策略，以此打住对手的气势。她对姑娘们说："大家发球慢一点哈，好不好啊！"一边做着示范动作："那谁你接球时别这样，这样哈。小惠你要……"表情没有一点焦躁。

第一局中国队以19∶25失利，郎平没有责怪队员。队员们走下赛场向她聚拢时，她上前一把拉过一位离她最近的队员，安慰大家："没关系，再来哈。"一句简短的话语，一个细小的动作，表现了郎导的无限希望和鼓励，她伸出的一只手，温暖了全体队员的心。

战号再次吹响。姑娘们没有气馁，气势高涨，连连得分。她们状态轻松，面带微笑，看上去没有任何压力，结果第二局中国队以 25：17 稳稳获胜。双方 1：1 战平，两支球队又回到了同一个起跑点。

第三局开场后，中国女排一度以 18：11 的比分领先。可是对手并不服输，这也是强强交手的特点，不到最后一秒、最后一个球决不放弃。对方一路紧逼，比分竟追到了 21：22，这时候郎导要求暂停。她对求胜心切心理紧张的队员们说："耐心点，这个很正常啊，别着急，别想着赶快拿下来。"这时候的郎平没有秘授机宜，教队员们如何打球，而是调整姑娘们紧张的心理，让她们放松下来，一分一分地打。果然，队员们稳扎稳打，最后以 25：22 拿下了至为关键的一局。

再看塞尔维亚主教练，从第三局开始，他的面部表情更加沉重，他指导队员时明显感觉到他的不满，急躁情绪溢于言表。队员们的表情也从首局的欢快慢慢变得僵硬，越来越硬。

第四局一开场，双方就一分一分地咬，谁也不松劲，谁也不敢松懈丢分。塞尔维亚队在 16：19 落后的情况下连得两分，把比分追到了 18：19。就在对手打出小高潮时，郎平微笑地向主裁判做了个手势，又要了一次战略性暂停。她和队友们说："没关系，没关系哈，我们不去想结果，打好每一分。"她的沉着冷静给了女排姑娘们极大的精神辅助。

双方比分都在推进，比赛越来越接近终点，越来越白热化。

泰尔齐奇沉不住气了，开始频频换人，换人就是换战术，他想寻找突破口抢夺比分。

中国女排的姑娘们仿佛看透了对方的招数，她们配合默契，咬紧牙关，一分一分地拼，既有强势进攻，又有严防死守，抢先以 24：23 的比分拿下了关键的冠军点。

这时候塞尔维亚主教练要求暂停，想要扭转战局。

暂停结束，比赛继续进行。

此时的郎平一如既往地冷静观战，不急不吼，任队员们自由发挥。最终，中国女排将对手的 23 分定格在了里约奥运历史的赛场上，以高出 2 分的成绩夺得了第 31 届奥运会女子排球冠军。

此时的女排姑娘们欢呼跳跃，喜极而泣，她们紧紧相拥，抱作一团，不能自已。我注意看郎平，她近距离地站在场外，注视着她的队员们，就在惠若琪探头得分锁定乾坤的一刹那，她高高地举起了双臂，绽开了幸福灿烂的笑容。她没有开怀大笑，没有振臂高呼，没有恣意张狂，只是高举双臂等待她的队员们与其击掌、拥抱，分享胜利的喜悦。她一一拥抱她的队员，把她们紧紧地揽在怀里，像圣母怀抱圣婴一样，抱着怜爱，抱着希望，抱着信念，抱着重托……

我终于明白广大球迷为何叫她"郎圣母"了，真正理解了把她唤作"郎圣母"的崇敬之情。

"郎圣母"是美丽的，她的美由内而外焕发容光；"郎圣母"是慈祥的，她像爱自己女儿一样深爱她的队员；"郎圣母"是从容的，她让队员们不急不躁轻松上场；"郎圣母"是淡定的，她只要她们"一分一分地打，不去想结果"，结果是姑娘们取得了最好的结果。"郎圣母"是中国女排不可或缺的精神支柱，也是广大球迷不可或缺的精神力量。

郎平，无愧于"圣母"！

林徽因与陆小曼

　　林徽因与陆小曼，两人都是民国时期家喻户晓的名人名媛，一代佳人，她们的襟情才识不输于同时期的一批贤才俊彦。两人虽然有许多相似之处，但因眼界胸怀不同，命运坐标不同，最终的人生结局也截然不同。

　　林徽因与陆小曼，两人均出自名门。林徽因的父亲林长民曾任北洋政府段祺瑞时期的司法总长，后又出任驻英国大使。陆小曼的父亲是民国时期的赋税局长，相当于今天的国家税务总局局长。两人都是缙绅官宦之后，从小过着锦衣玉食的生活。

　　陆小曼1903年出生于上海，比林徽因年长一岁。两人都天生丽质，具沉鱼落雁之貌。林徽因的美如夏日芙蓉，风韵典雅，盼倩生姿；陆小曼则是春花美人，鲜妍明媚，风姿绰约，她是胡适眼里"不可不看的一道风景"。两人先后是徐志摩爱慕的对象，诗人一度为之倾倒。

林徽因与陆小曼都受过良好的教育。林徽因1924年随梁思成赴美留学，在美国著名的宾夕法尼亚大学美术学院学习美术和建筑。陆小曼虽未留洋深造，但被父亲送入法国人创办的北平圣心学堂读书，接受了纯西方的开放式教育，法文基础很好，英文功底不弱，能通读原版英文小说，论文信札意到笔随。

　　两人都嫁给了出类拔萃的男人。林徽因的丈夫梁思成是一代名儒梁启超的长子，后来成为我国第一代建筑大师，成就斐然。徐志摩不论是在当年还是现代，都是人们津津乐道难以忘怀的浪漫派优秀诗人，他的不少作品成为中国文学史上的绝唱和经典。陆小曼当年决然离婚嫁给了他，一度被人诟病，遭到口诛笔伐。

　　林徽因与陆小曼的不同之处在于学养不同，家庭观念不同。两人嫁为人妻后，各自的禀性日益显露，因此影响了两个不凡的男人，也决定了自己的一生。

　　林长民十分注重女儿的教育。他在以国际联盟观察员的身份赴欧洲考察时，便带上了当时年仅16岁的林徽因，希望她"观览诸国事物增长见识，近我身领悟我胸怀；扩大眼光养成将来改良社会的见解和能力"。在伦敦担任驻英大使期间，他和女儿租住在当地一户人家里，房东是位建筑师，林徽因在这里第一次接触到了建筑艺术，从此对建筑学产生了浓厚兴趣。事实证明，林长民让女儿"增长见识"的做法的确影响了林徽因，她由此决定了自己的人生目标。再后来，她将这门新兴的学科带入国内，改变了中国学术界原有的格局，这是后话了。

林徽因在英国期间，正在当地学习的徐志摩登门拜访林长民，由此认识了林徽因，他一见倾心。当时徐志摩已结婚生子，他不顾一切地展开了对林徽因的追求。林长民发觉后，友善地写了一封信给徐志摩，婉转地表示劝阻。为止于情形的发展，他带着女儿不辞而别。正值少女的林徽因对这位仪表堂堂的浪漫诗人不能说无动于衷，但她想到自己的身世还是理性地回绝了。父亲林长民结婚娶妻后又纳了两房姨太，林徽因就是大姨太所生，而父亲喜欢二姨太，因为二姨太为他生了儿子。林徽因想到自己如果和徐志摩结合，势必像母亲一样成为"二房"，像母亲一样受尽委屈，她不能接受这样的事实，所以听从父亲的安排回国了。

林徽因也有过一段婚外情，男主角便是学者金岳霖。金岳霖经徐志摩介绍认识了林徽因夫妇，他们后来成为朋友。林徽因与金岳霖两人互为欣赏，暗生情愫，金岳霖向林徽因表白了他的爱慕之情。林徽因将此事坦白地告诉丈夫。梁思成大度地说，既然爱妻子就该尊重她的爱。林徽因又把丈夫的话转告给了金岳霖。也许是梁思成的大气风度感染了金岳霖，他选择了退出，这段恋情就这样友好平和地结束了。金岳霖深爱林徽因，视其为不二的女人，终身未娶，他也是林徽因除了梁思成之外唯一爱过的男人。两人均能"发乎情止乎礼"，与他们的教养分不开。

梁启超非常注重对子女的教育，他鼓励梁思成夫妇去美国留学。林徽因一门心思想学建筑。当时的梁思成对建筑学还闻所未闻，他是爱屋及乌随了爱人林徽因而学了建筑。但是林徽因没有想到，当时的宾夕法尼亚大学建筑系只招男生，考虑到专业的特殊性需要在野外作业，认为女生不方便学建筑，所以不招女生。结果梁思成顺利注册建筑系，林徽因只好学了美术。建筑系与美术系同属于美术学院，于是林徽因在学美术的同时有机会旁听建筑学，在不到两年的时间内，她修完了建筑学的所有专业课程，并且受聘担任建筑设计教师助理。林徽因凭着她的信念和执着，实现了她学习建筑的梦想。

1928年，张学良接任父亲张作霖主政东北，并继任东北大学校长。他捐出父亲的大部分遗产筹建东北大学建筑系，并邀请梁思成出任建筑系主任，林徽因随丈夫回到国内。东北大学也成为我国第一个创建建筑系的大学。创建伊始，建筑系只有他们夫妻二人，两人同心协力，林徽因教授美术、建筑设计、雕塑以及专业英语，梁思成讲授建筑学概论和建筑设计原理。林徽因相夫教书，在东北大学度过了他们充实而忙碌的两年。

抗战期间，她又随同梁思成从西南联大来到昆明，后又迁往四川古镇李庄。这一时期他们的生活陷入了极度窘迫和贫困中，梁思成变卖钢笔、手表等以贴补家用，林徽因不断为丈夫和孩子缝补旧衣。在艰难的岁月里，她与丈夫不离不弃同舟共济，既为贤妻亦是良母，体现了一个女人的良好妇德与贤惠。

陆小曼与徐志摩的婚姻并不顺利，两人双双离婚后再组家庭，遭到徐家父母的坚决反对。后来徐父在无奈之下答应了这门婚事，但立下了三条规矩：一是结婚费用自理，家庭概不负责；二是婚礼须由胡适做介绍人，梁启超证婚；三是婚后须南归，安分守己过日子。结婚当天，胡适因故去了外地没能出席婚礼。梁启超作为证婚人致辞，他在致辞中对弟子徐志摩的行为严厉痛斥，令这位新郎颜面扫地。梁启超对这位高足爱恨交加，他喜欢徐志摩，他说："我爱他。不过这次看着他陷于灭顶还想救他出来，我也有一番苦心。"他说："我又看着他找的这样一个人做伴侣，怕他将来痛苦更无限。所以对于那个人当头一棍，盼望她能够有觉悟，免得将来把志摩弄死。"可悲的是，梁启超的话不幸成谶，徐志摩在六年后坠机身亡。

陆小曼从小养尊处优，生活奢侈，嫁给徐志摩后并无收敛。书画用墨要用北平的，手帕要用外国的，出门要有六人抬的轿子，自己吃不完的剩饭要丈夫吃。他们在上海租住的洋房价格不菲，还有私人汽车，众多的仆人。不仅如此，陆小曼喜欢评剧，为捧坤伶常常一掷千金毫不吝啬，当时经她扶掖捧红的名角不少。

徐志摩的经济负担一天天加重，他在上海光华大学教授英文，时有余力再赶写一些诗文用来换钱，一月所获至少也有千余元。但相比陆小曼的挥霍还是入不敷出，只有克俭自己。亲戚朋友都体谅他，为此胡适请他北上兼职，以增加收入。这时候徐志摩劝妻子随他一起去北平生活。陆小曼不愿意，她离不开上海的纸醉金迷。徐志摩只得来往奔波于北平与上海之间。两人的矛盾日益加深。

陆小曼嫁给徐志摩之前怀上了前夫之子，考虑到徐志摩的身份和他的自尊，她瞒着前后两个男人悄悄做了人工流产，因此落下了后遗症，不但不能生育还影响到夫妻生活。为了给她治病，徐志摩请来医师翁瑞午到家里来给妻子做推拿。翁瑞午在治病的同时建议陆小曼吸食鸦片以减轻痛苦。陆小曼从此染上了鸦片瘾。徐志摩多次劝她戒烟，陆小曼没有听从，并与翁瑞午发生了不当的恋情，再次出轨。

1932 年 11 月 16 日，这天徐志摩从北平回到上海，当他拖着疲惫的身躯回到家时，看见妻子躺在烟榻上吞云吐雾，翩翩绅士的徐志摩再难隐忍，夫妻二人爆发了激烈的争吵，他要陆小曼不要抽大烟，陆小曼气得把烟枪甩了出去，砸中了徐志摩的眼镜，镜片碎了，他的心也碎了。徐志摩提起箱子转身离开了家。三天后，19 日早上 8 点，徐志摩搭乘邮政航班的便机（为省机票），从南京大明宫机场飞往北平，飞机途经济南上空时突遇大雾，飞行员辨识不清误撞山体导致飞机坠落，机上三人包括徐志摩在内全部遇难。年仅 36 岁的徐志摩葬送在了山谷中，正值韶华的名流大师就这样悲惨地结束了一生。

陆小曼和徐志摩的婚姻是失败的，用胡适的话说"冒了绝大的危险，费了无数的麻烦，牺牲了一切平凡的安逸，牺牲了坚挺的亲谊和人间的名誉，梦想之神圣境界，而终于免不了残酷的失败"。

这段历史已然过去，两位名媛早已谢幕。不同的人生态度决定了她们不同的命运，一位成就了丈夫，一个摧毁了其男人。

林徽因因病英年早逝，只度过了人生51个春秋。在她生命的最后六年里，她与丈夫梁思成一起参与了清华园的重建，设计国徽、人民英雄纪念碑，为清华大学建筑系开设了"近代住宅"课程。他俩竭力保护历史名城，比如向美军建议不要轰炸日本京都和奈良，美军指挥官尊重文化，尊重两位学者的意见，使得这两座属于人类的具有盛唐遗风的古城建筑完好地保存了下来。可是，他们保住了日本的古都却保护不了自己国家的古建筑，尽管他们疾声呼吁，奔走相告。但是无济于事，不予理睬，老北京的许多楼牌和城墙还是被摧毁。夫妻二人失声痛哭，痛心疾首。

林徽因虽然不久于人世，但她实现了父亲"改良社会"的愿望，实现了自己的抱负和理想。人们怀念她，纪念她，爱戴她，没有林徽因便没有一代建筑大师梁思成。林徽因死而不亡，虽陨犹寿。

陆小曼在徐志摩离去的33年岁月里，一直生活在深深的忏悔与自责中，终身素服，再也没有去过交际场，每日对着遗像为丈夫献花。1965年春天，62岁的陆小曼闭上了她美丽而凄凉的眼睛。作为徐志摩的妻子她想与丈夫合葬在一起，但是徐志摩与发妻张幼仪的长子不同意，她最终的这一愿望没能实现。

　　林徽因作为一代才女佳人，秀外而慧中，她的美可与日月同彰，与天地并存。陆小曼用今天的话说可谓财女美媛，然而美人迟暮如草木之零落兮。

　　参阅：凤凰网之"名人名媛"
　　梁实秋《谈徐志摩》

2017 年 4 月 30 日
于朗诗绿园

亦谈名媛

在一场晚间读书会上，分享了作品《熟悉的陌生人》，作者张杰先生亲临现场，介绍这部作品的历史背景及其成因。会上大家讨论热烈，并引出"名媛"这一话题，就名媛与才女、名媛与大家闺秀、名媛与女明星之间的异同各抒己见。读书会结束了，"名媛"却一直在我脑中飘浮不去……

何为名媛？网上的解释是："上流社会的女性。一般指出身名门、有才有貌、经常出入时尚社交场的美女。此外，她们多对社会有所贡献，并热衷慈善。"其实对"名媛"迄今为止并没有一个完全准确的定义，各人有各人的理解，见仁见智。比如就有人通俗地说："不出门是大家闺秀，出了门便是名媛"，在于一道门槛。这话也不无道理。我个人理解名媛应具备下列条件：出身名门，学有所长；相貌不俗，凝聚人气；服务社会，引领时尚。

名媛之门，其家业不敢说鼎食钟鸣，至少是锦衣玉食。在家仰父在嫁夫宠。不吝钱财，不为生活所计。受过良好教育，见多识广，具学识才华。有人问《浮生六记》中的芸算不算名媛？我以为她够不上。芸虽"才思隽秀"，与其夫契若金兰，片言只语慧心领会。然芸终日商柴计米，尘务缠心，周旋于瓜蔬鱼虾、油盐菜豉中，典衣服当首饰，一个为生活所困的女子，距离名媛相去甚远。即使出身名门的大家闺秀，也未必就是名媛。比如杨绛女士，可谓淑女贤妻之典范，嫁夫从夫，相夫教女，每日吹爨作食，照顾家人生活。她满足于家庭，满足于自我，在书本笔墨间寻得一份安逸恬静的幸福。她有做名媛的条件，没有做名媛的意愿。一个大门不出、二门不迈的女子，成不了名媛，也失去了名媛的意义。

名媛不但内秀于中，还要有不俗的外貌，在社交场合有上佳的表现，能够聚集人气。历史上齐国才女钟离春，清朝无盐女田菊芳，两人都是有才而无貌，有"春"而无"芳"。此等女子亦不能成为名媛，没人愿意面对无花空赏枝，实难"引无数粉丝竞折腰"。

名媛不仅有颜，谈吐亦不俗，出言灵巧，长袖善舞。有人说，李清照无愧女中豪杰，可以视为一代名媛。李清照的确秀外慧中，才情过人，然她境遇孤苦，多愁善感，常常是"欲语泪先流""凄凄惨惨戚戚"，这种"怎一个愁字了得"的性格，与眼俊舌尖、谈笑引欢的沙龙氛围格格不入，何以能成为名媛，所以才女不等于名媛。

名媛亦不同于女明星。两者的共性在于都有姣好的面容。然名媛不会"以色事他人"。名媛不是浮花浪蕊，是雍容华贵的牡丹。她秀于群芳，招蜂引蝶，却将自己藏于朦胧的薄纱中，让人雾里看花，水中望月。蜂不可袭，蝶不可戏，可爱而不可狎。女明星"美则美矣，韵犹未也"。名媛腹有诗书，其气自华，引领时尚，不失品位。古人有云：娶妻娶德，纳妾纳色。名媛兼而有之，是既可为妻亦可做妾的女人。

余以为，民国时期的宋美龄、林徽因、陆小曼之流是当之无愧的一代名媛。她们出身名门，才不输人，貌可闭月，以其学养才识鸣响社会，开时代先河，创历史风流，芳名永垂。

今天的社会有才女、有富女，却难有名媛。才女要为生活打拼，与男人竞争，强悍多于温婉，这就与名媛有了距离；富女则奢靡张扬，招摇过市，唯恐无人知其身价，没有名媛的境界，更遑谈奉献社会了，与名媛南辕北辙。

名媛的产生需要历史条件和社会环境，需要家族文化和精神的传承，俗话说三代培养一个贵族。在当今这个躁动、功利、轻浮的时代，在一个快餐文化的社会，再难产生名媛。

名媛，俱往矣！

老金

一

20世纪80年代老金是县群艺馆的一名职工。

老金当时年纪不大，四十多岁，中等偏瘦，相貌大众。尽管貌不惊人，但只要见过他的人还是印象深刻，老金眨眼，不停地眨眼睛，是一种神经性毛病，眨巴一阵后再用力挤一下，眨一阵挤一下，似乎这样好受些，老金眨眼就跟他呼吸一样自然。

老金年纪不小却像个淘气的孩子，爱开玩笑，好捉弄人。他捉弄了人自己好开心，眨巴的眼睛笑成一道缝。

老金和常大姐的办公室相隔只有几米。这天中午，他关上门压低声音给常大姐的办公室打电话，他拿着腔，学着才调走的杜兵的声音对她说："我是杜兵啊，你几点下班啊？能到我这儿来一趟吗？找你有点事。"常大姐是山东人，为人热情豪爽，比老金长几岁，听杜兵说找她有事，马上说："我六点下班，不过我可以提前一点走的。"

下午五点多，老金故意叫常大姐一起去倒垃圾。常大姐说："你叫别人去吧，我有事马上要走。"说完急匆匆地出去了。

她找到杜兵上班的地方。杜兵正在开会，见常大姐来走出会议室，惊讶地问："常大姐你怎么来了？"常大姐瞪大眼睛说："不是你打电话叫我来的吗？"杜兵一副丈二和尚的样子："没有啊，我没打电话给你啊。"

第二天上班，常大姐把这事讲给大家听，末了说："不知道哪个该死的打电话骗我。"大家看着老金的房间哈哈大笑，常大姐一下明白过来，冲出办公室要去打老金。老金反锁上门，在里边笑弯了腰。

老金经常下乡去放电影。那个时候还是集体经济，农田没有包产到户，农闲的时候，有的乡村搞活动，请群艺馆来放电影，就在村头的露天地里放，每放一场电影收点费，也算是给群艺馆增加一点收入。电影放完了，村干部把钱交给老金，当面点清。老金接过钱，手上点着，口里数着，数得飞快，故意让人听不清："一二两三四五六七八九，九张。"他严肃地对人说，"少一张。"这位村干部说："我数了几遍啊，怎么会少一张呢？"于是上下口袋翻找，几个口袋掏空了也没有。老金不动声色地说："那怎么办？我再数一遍你看哈。"他如法炮制，"一二两三四五六七……"又数了一遍，那个"两"字有意不吐出来，一带而过。村干部脸涨得通红，他真急了。这时老金"扑哧"

一声大笑了起来，把人给笑傻了。老金拉长着声调说："算了，再数一遍吧，你看好啊，一，二，两，三，四，五……"这位村干部一下明白过来，笑着一拳打过去，老金躲开了。

老金逮着机会就捉弄人。说话间趁人不注意，绕到人身后，把烟灰轻轻弹到人头上或脖子里，然后故意让人发现，发现了他就哈哈大笑。馆里的"歌唱家"小田是个年轻漂亮的小姑娘，活泼爱笑，她没事就喜欢往老金的办公室里跑，听他讲笑话。老金的办公室在二楼，这天小田楼上楼下地忙，没机会去老金的办公室，她路过老金的门口时，探下脑袋笑眯眯地说："我到下面去啦。"老金头也不抬地说："好啊，给我留一碗哈。"

"什么？"

"你不是下面去吗？给我留一碗吧。"

"咯咯咯咯……"楼道里传来小田银铃般的笑声。

老金总是捉弄别人，没想到自己也有吃苦头的时候。

老金特别爱出汗，即使没感觉有多热，腋下也是潮乎乎的，衣服左右两侧总是湿一片，他为此很苦恼。他听说"西施蓝夏露"能抑制汗腺分泌，于是买来一瓶。说明书上说，一次只能用几滴，滴过一次，七天后再用，中间要间隔一周。他用了一次，感觉汗液明显减少，并且没有过敏反应，他很满意。为了提高效率，尽快止住分泌，第二天又用了几滴，仍没有感觉不适。第三天接着再用，并且加大剂量，他想就此一举捣毁汗腺，从此不再分泌汗液。他的贪得无厌遭到了报复，腋下开始出现一颗颗小红点，并且散布很快，一天比一天多，其痒难忍，他想挠，可是手指一碰到皮肤便痛得跳起来。他痒得难受，又不敢抓，浑身不自在，坐也不是站也不是，躺下来也不行，钻心的痒。红点开始化水，不住地往下流。大家让他赶紧去看医生，他不肯去，说医生要是问起来怎么说得出口，丢死人了。他用大团的药棉轻轻敷在腋下，吸收溢水，两只胳膊不敢放下，悬着，时间长了胳膊酸了，就撑在腰上，那模样滑稽透了。大家看见他就笑，最开心的是常大姐，幸灾乐祸地说："你这就是报应，老天爷来惩罚你了，看你还捉弄人啵。"他苦笑道："我上当了，上当了。"

老金爱开玩笑，没想到给自己开了个大玩笑。

别看老金整天嘻嘻哈哈，老金其实是个能人。

杜兵走了以后馆里又新进一个搞美工的小李，馆长为他腾出一个小房间，相对安静些，便于他创作。可是办公室少了一张放水瓶的桌子，周馆长找到老金："你量下尺寸，跟余平一起去买个柜子吧。尽量小一点的，不占地方。"老金说："不用买，我来解决。"馆长一听笑了，他知道老金这么说就有办法。

老金前些日子在旁边的县机关大院里看见一个大包装箱，正方形，足有两三米宽，是个用木板钉起来的简易箱子，被人拆了几根木条把东西取出来后就扔了，也没收拾。老金带上工具，把箱子拆了，找来几块实用的料，锯一锯、刨一刨，拼一拼，钉上钉子，一个像模像样的三角柜就做好了，正好支在办公室的墙角，稳稳当当，一点不占地方。他还做了两道隔层，除了上面放水瓶外，下面两层可以放茶叶、茶杯什么的，为了看上去美观，他还刷了油漆，栗壳色，和小李的办公桌一个颜色。

小李端详着三角柜，直夸老金："你太能了！"周馆长眉开眼笑，对小李说："他能的地方多了，以后有什么事情就找他。"馆长开心，老金又为馆里省了一笔开支。

小李发现办公桌的抽屉没锁，他找老金，问他还能不能装一把抽屉锁。老金找来一把旧锁，那是别人换下来不要的坏锁，他修好了。他带着那把旧锁，拿了凿子、锉刀之类的工具，还有一把他自制的大三角尺，来到小李房间，不大工夫锁就装好了。他让小李试一下，开启自如，锁屉契合，小李惊喜地说："太好用了，比新锁还灵活。谢谢谢谢！"老金眨巴眼睛，咧开嘴嘿嘿地笑了。

建明的手表停了，秒针不动了。老金拿出他的修表工具，起开表盖，眼皮上夹个放大镜，在里面拨弄了一番，秒针走了。他把表盖合上，调整时间，再拿到耳边听听，手表"嘀嗒嘀嗒"的声音清脆悦耳，他摇一摇，再听听，然后把表递给建明。建明戴上表，递给他一支烟，两人凑着火点上，一个笑嘻嘻一个笑眯眯地抽了起来，那份得意，那份喜悦尽在不言中。

老金的桌上还有半导体收音机和各式各样的打火机，都是坏了以后别人请他修的，送过来修的多半是边上大院里的人。比如打火机，那个年代不像现在有一次性打火机，价格便宜，用完就扔了。那时的打火机大多是机械的，时髦一点的人用电子打火机，价格都不便宜，坏了不舍得扔，就找老金修，有时一人带几个给他修。老金修了不少打火机，也赚了不少打火机，别人拿来给他修，修好就送他一个。老金呢见谁没带火，顺手就拿一个给别人。老金的知名度越来越高，好像没有什么他不能修的，家里水管坏了、灯不亮了也找他。

一天，余平拿了块花布交给老金。小田正好在老金的办公室，问他："你要花布做什么？"老金抽着烟，看着她，笑眯眯的不说话。余平说："我让他帮我女儿做件衣服，罩棉袄穿。""啊！你还会做衣服？"小田吃惊得叫了起来，"难怪看你还有裁衣服的剪刀呢。"老金眨巴着眼睛对小田说："你要不要做嘛，要做就买块布来。"小田笑着说："那要看你做得好不好，做得好才给你做。"余平说："他还会打毛衣呢。""啊？！"小田又是一惊，她抓住老金的胳膊说："你给我打件毛衣给我打件毛衣。"这下老金认真了，说："打毛衣太费时间了，打双手套差不多。"余平说："他给我女儿打了顶风雪帽，很好看，她喜欢得不得了，睡觉都戴。"小田说："那你也给我打一顶风雪帽，要漂亮的，上面有雪花的。"老金说："你去买毛线来。"小田开心得跳了起来，她掰开老金的手说："你这是一双什么手啊？"她想看看这双手有什么不同。

老金的手没什么特别，和常人无异，一双普通男人都有的大手，只是特别粗糙，它什么活儿都干，不论粗活儿细活儿。

别看老金平时嘻嘻哈哈大大咧咧，正经的时候他是安静而细腻的，比如他伏案作曲的时候，神情专注，一脸严肃，眼睛一眨一眨地看着曲子，嘴里哼着"咪咪发哆""西来拉哆"，脚下点着节拍，手上握支笔不时地涂涂改改。悠闲的时候，他会取出心爱的二胡拉上一曲，拉得最多的是《二泉映月》和《江河水》，音乐婉转低沉，徘徊萦绕，仿佛带着一种心绪、一股惆怅在整栋楼里回荡。

二

老金 60 年代毕业于中等师范专科学校，学的是他喜爱的音乐作曲。由于家庭经济原因，他没有报考大学，选择了中等师范，师范学校免收学费，加上学制相对大学短，可以尽早独立。

老金入校前会弹风琴，会拉手风琴，但他最拿手的还是二胡，他喜欢二胡，这些乐器都是他跟着别人学的。入校以后他就成了校乐队的一名乐手，专拉二胡，他的二胡得到了专业老师的认可。老金不但二胡拉得好，功课也不错，除了乐理课外门门五分，乐理课他的分数上不去。

教乐理的是个女老师，她第一天到班上来上课时，讲课前给每个学生发了一本讲义，讲义上印的都是谱子，她让学生看着谱子听她弹奏。有一首曲子的一个音符她弹错了，座位上的老金"扑哧"一下笑了，他的笑声老师听见了，其实他并不是取笑老师，只是一个爱笑的孩子自然的反应。下课后老师把他叫到办公室去，问他笑什么，老金诚实地说："老师有一个音符弹错了。"老师一下红了脸，顿生愠色，语气也变了，说："那你弹给我听听。"老金这才意识到老师生气了，就说自己不会弹。其实老金对这首曲子很熟悉，他一听就知道老师弹错了，但看她恼羞成怒的样子，就说自己不会。从此以后，他的乐理分数没有得过五分。

校乐队主要是他们这届的几个学生组成，学校有意识让他们带低年级的同学，希望后继有人。乐理老师找到老金，要他教两个学弟拉二胡。老金不喜欢这个老师，不睬她的话，拧着性子偏不教，这也是他乐理成绩拿不到高分的一个原因。

就在老金即将毕业的时候，他遇到了一次人生机遇。他在上海的二伯来信告诉他上海民族乐团正在招生，问他愿不愿意去参加考试。他愿意，他很想去，可是又怕耽误了学校的毕业考试，两边时间正好冲突，他想等学校考试结束了再过去。可是等到这边考试结束了，上海那边招生已经截止了。他说："我父母死得早，那个时候年纪轻，身边没个亲人可以商量，给我拿个主意。"

人生就是一个选择的过程，当鱼和熊掌不可兼得时，你选择了鱼，走的就是水路，选择了熊，面对的便是陆地。老金选择了参加学校的考试，错过了上海民族乐团的招生。毕业后，他分配到一所乡办小学做了教师，教语文，教算术，还教音乐。

光阴荏苒，一晃几年过去，命运之神再次向他抛出橄榄枝。

1970 年，省广播艺术剧团招生，他悄悄地报了名，他不想在事情没办成之前张扬出去，因为不知道结果如何，万一没考上让人笑话不说，也显得自己太轻浮，所以他对谁也没说。他顺利通过了笔试。接下来是专业考试，演奏两首曲子，一首自选曲，另一首当场抽签，抽到什么现场演奏。自选曲目他演奏了那首烂熟于心的《江河水》，他像久旱逢甘霖，他乡遇故知一样，在考官们面前深情演奏，准确地表达了这首乐曲凄凉、哀怨、悲愤的情绪。几位主考官对他的演奏都很满意。对他说："三天之内就会有消息，接到通知就来报到。"他满怀喜悦充满信心地回到学校，期待通知书的到来，想拿到通知书后再去找校长谈。

可是三天过去了，没有见到通知书。第四天、第五天还是没动静，他想起考官的话，不论录取没录取，三天之内都会有消息。他打电话到剧团问情况，对方查阅了存根告诉他："通知书第二天就寄出去了。你被录取了。"他问："是寄给本人的吗？"对方说："寄到你们学校的，还是挂号信呢。"老金心里"咯噔"一下，寄到学校就意味着到了校长手里，老金放下电话立即去找校长。

校长是个五十来岁的中年男人，长得高大壮硕，两只厚重的眼袋吊挂在眼睛下面，把脸拉得更长。他有一个特点，手上从来不离烟，人称"一根火柴"，意思是一天只点一次火，抽完一支另一支对上火再接着抽，不必再用火柴。这个校长不教书，只做校长。他对老金说："通知书是在我这里。学校已经给他们回了信，告诉他们单位不同意。老师本来就少，你走了哪个来代你上课啊？"老金不高兴了，说："你怎么不告诉我，跟我商量一下就回绝了呢？"校长正色道："告诉你？跟你商量？你出去报考跟我商量了吗？你先斩后奏我都不跟你计较了。这事就这么定了，你别想了，安心教你的书吧。"

老金知道，就是事先报告他也不会同意，老金只是心存侥幸，如果自己考上了也许他会发发慈悲，网开一面，没想到他的心比铁还硬。老金很难过，他气愤但又无奈。那是计划经济时代，没有个体经济，没有民营企业，更没有辞职跳槽一说，有份工作是很了不起的事，是令人羡慕的，大家都在单位拿工资，没有工作几乎就没有收入。要想换一份工作唯一的途径就是调动，此单位调彼单位。调动必须双方单位同意，各自出具公函，一方同意放人，一方发出调令，有一方不同意则办不成。单位有无穷大的权力，可以左右一个人的命运，许多事情都要经单位同意、组织认可才行，包括结婚、离婚，到后来的生孩子，个人私事自己也做不了主。

命运之神再次与老金失之交臂。老金认了，他觉得这都是命，自己就是这个命。

一晃又是几年过去，到了70年代后期，"四人帮"垮台，十年动乱结束，国家呈现出盛世景象，文学、艺术更是一派繁荣。这时候南安县成立群众艺术馆，定编四人，一名馆长，三名工作人员。编制虽然不多，但说明县里开始重视群众文化了，能够定编成立机构更是开明之举，人员不够可以外借，小田就是长期借用人员，遇有大型活动还可以再请临时工。

馆长周德安，四十出头，个子不高，皮肤黝黑，戴一副黑色镜框近视镜，络腮胡子永远露着楂儿，像是总也刮不干净，整日双眉紧锁，心事重重的样子，黑皮肤、黑镜框加上黑胡子，看上去沧桑而深沉。他之前在老金所在的县城小学做教导主任，除了教书外，擅长摄影，会弹钢琴，他最欣赏法国音乐家德彪西，喜欢他的钢琴曲。周德安因工作关系认识了老金，共同的音乐爱好使他们成了朋友。群艺馆成立伊始，他第一个想要的人就是老金。馆里编制少，一人要顶几人用，老金是音乐科班出身，又是能工巧匠，周德安想方设法要把老金调到馆里来。他找到分管文教的副县长，陈述老金的能干多才，说他是群艺馆最合适的人选。副县长同意了，打电话给县教育局。教育局通知人事科，人事科再打电话给老金学校的校长，告诉他县里要调老金。这个电话就是告知性的，没有商量余地。这位不可一世的校长二话不敢说放走了老金。

三

群艺馆与图书馆共用一栋四层小楼，三楼是图书馆，一、二、四楼给了群艺馆。这栋楼单独有个小院，但是独院不独门，西边的院墙上另外开了一扇小门，通往县府大院，县委、县政府及多个部门在这个院里办公，这扇小门可以方便大院里的人过来借阅图书。

老金每天早上第一个到馆里，下班最后一个走，给人的印象就像没回家一样，别人上班时他已经到了，别人下班了他还没走。办公室的卫生常年是他打扫，扫地擦桌子烧开水，顺带把边上几间办公室的水瓶都灌满，大家习惯了拿起水杯就泡茶，都知道老金已经烧好水了。他每天都会清扫一遍院子，先打来一盆水撩到地上，洇湿地面后，拿起大扫帚书写院里的整洁。群艺馆楼前经常挂着一面"卫生"小红旗，那是对各个部门每周进行的一次卫生评比，卫生搞得好的得到这面流动红旗，大家都说荣誉属于老金。

老金是回家的。他有一辆自行车，还是刚参加工作时买的，这么多年来一直骑着它，哪里坏了修哪里，修不了的换零件，他修修补补换换，自己维护保养，车虽然旧了，但骑起来轻便舒适，他每天骑车上下班。

真住在这栋楼里的是余平。

余平住在四楼，四楼是仓库，她是出纳兼仓库保管员。仓库里都是些文娱活动的设备和用品，诸如服装、道具、放映机、照相机、乐器、灯笼，等等，有活动时找她领出来。余平老家在陌干乡十里村，离县城较远，平时就住在四楼的一个小房间里。余平没有丈夫，有个才上小学的女儿，孩子在乡下由外婆带着，她隔段时间回去一次，看看老人和孩子。

馆里有一间暗房，那时候没有数码相机，照相都是用胶卷。周馆长拍完照片就把胶卷交给老金，老金进暗房把照片冲洗出来，有时候还要放大，供展览用，冲洗照片需要的材料找余平领。余平还负责采购，馆里缺什么需要什么她最清楚。遇到买大件物品，周馆长就会让老金一起去帮忙。后来余平采购都会叫上老金，她发现有老金帮忙方便多了，他有交通工具，就是那辆老旧自行车。余平不会骑车，那时候没有送货一说，物资匮乏的年代是卖方市场，服务行业架子大了，没有那么好的态度送货上门。老金的自行车最大限度地发挥了运输作用，出门时后面坐的余平，回来时车上载物，东西不多时余平抱着物品坐在车后。

　　老金很满足这种生活，他的"十八般武艺"在群艺馆里找到了用武之地。馆里开展活动，他是中坚力量，从前期制作、组织排练、辅导、伴奏，到演出时布置舞台、打造背景（绘画是小李的工作）、灯光照明、声音效果，他无所不能，无所不为。他在群艺馆里如鱼得水，仿佛找到了人生最佳归宿。

四

　　这天一早上班，大家走进院里有种不同于平常的感觉，仔细一看，原来地面没有打扫，就像睡了一夜的人起来没洗脸一样，蓬头垢面的没了精气神。走进办公室，拿起水瓶来泡茶，水是凉的，大家这才发现没看见老金，老金不在。老金在馆里这么些年，没有请假没有迟到，就连"西施蓝"过敏让他痛苦不堪也没请过假。大家奇怪了，老金去哪里了？馆长派他出差了？于是问馆长。周德安两道眉毛打起了结，拧得更紧了，他不回答也不说话，表情凝重，大家不敢再问了。

建明提了水壶去烧水，小田要去找余平领东西，这时候周馆长开口了，低沉地说："过段时间吧。"大家这才发现，余平也不见了，彼此面面相觑，各自默默猜测。

纸总是包不住火的，消息慢慢从大院里传了过来，虽然说法不一，细节不同，但结果都是一个。馆里几个人不相信也不愿意相信这是真的。

事情是老金的老婆告发的，她找到周德安，说老金在外面有女人了，并且说这个女人就在群艺馆。临了她对周德安说："这件事情你必须处理，你要不处理我就告到妇联、告到县政府去。"

周德安听了她的话将信将疑，但信的成分占多。他和老金是多年的朋友，他知道老金和他老婆关系不太好，至于什么原因他没问，他不想多问朋友的家事，清官难断家务事，外人是搞不清楚的，老金也不想说，但他没想到会发生这样的事。余平是单身寡妇，不论公事私事有事就找老金帮忙，老金热心能干，从不拒绝。老金每天早出晚归，像钉在了馆里，他什么时候开始不回家的……他不愿想下去了。他深深地自责，恨自己脑子少根筋，怎么就没想到，现在他老婆告到单位来了，两人又都在馆里，这事他不想管也得管。但他还是要当面核实，不能听她一面之词，他真希望这事不是真的。

周德安没有去问老金，他不想让老金难堪，不想让老金在他这个老朋友面前没面子，他去找余平。

余平三十多岁，身材小巧圆润，白净的脸上长了双好看的眼睛，眼里总是含着笑，让人无法拒绝，过耳短发面条一样直直地垂在脑后。她一看见周德安脸就红了，一直红到耳后根，她已经知道老金的老婆来过，她低着头不说话。周德安看她的表情已经明白了一切。他只问了余平一句话："老金的老婆说的是真的吧？"余平的脑袋垂得更低了。

周德安的心顿时沉了下去。他不再多问，他让她回家："就说家里老人有事，什么时候回来等我通知。"余平点点头，急忙收拾行李，赶下午的班车回家了。

周德安平静下来想了个主意，把余平调走，让她离开群艺馆。人都是感情动物，相处久了自然生出感情来，所谓日久生情。感情有多种，亲情，友情，爱情，非分的爱情便是出轨，违背伦理和社会道德，为人不齿，为人唾弃。周德安想，把两人分开，热度渐渐冷了，冷了感情就凉了，凉了也就结束了，事情就过去。关键是老金不能走，老金这样的人到哪里找啊，余平的位置可以找人替代，暂时就可以让常大姐兼出纳，小田做仓库保管员。

周德安专程去了趟余平的老家陌干乡。书记、乡长他都认识，送文化下乡活动经常往乡镇跑，这些人他都熟悉。他不想隐瞒什么，直截了当地说了实话，再说也瞒不住，人往高处走水往低处流，有谁在县里干得好好的往乡下跑，下来总是有原因的。周德安话语诚恳，就是希望他们能把余平接下来，安顿好，毕竟他把老金留下了。余平回到老家能够生活下去，和老人孩子在一起，他心理上能够平衡。没想到两位乡领导非常爽快，说："本来就是家乡人嘛，待不下去就回来，我们要她，身边也没个男人，怪可怜，回来也好，可以照顾家里，乡里正缺一个管计划生育的，原先那个女干部年纪大了，干不动了，就让她干吧。"周德安听了那个高兴啊，感激得就差没流眼泪，他出门时特意买了包"大前门"烟，把没抽完的给了他们。

周德安暗自窃喜，这事办得很圆满，留住了老金，又把余平调走了，两人以后不会再有什么瓜葛了，老金的老婆也达到了目的，一举三得。

可是他高兴得太早了，老金的老婆不答应。她说："让那个贱女人回老家？给她那么好的待遇，你这叫处理啊，这是惩罚吗？这是奖励。这么处理我不同意，坚决不同意。"周德安没接她的话，只当是她的气话，过段时间就好了，毕竟把两个人分开了，他觉得她会想通的，他准备给余平办调动了。

但是周德安低估了她的能力，她通过各种关系，转弯抹角找到一位常务副县长，这个常务副县长指令周德安把余平调至本县最偏远、最贫困的北涟乡，北涟乡距离她的老家十里村将近一百公里。周德安心里气愤，但又无可奈何，他位卑权轻，只能照办。

事情就这么处理了。老金留在了群艺馆，余平远调。老金的老婆满意了。

老金这段时间都没有回家，就住在单位，他在办公室支了一张折叠床。这天下班后他找到周德安说："我要走了。"

周德安一愣，问："什么意思？"

他眨着眼睛认真地说："你觉得我还能留在这里吗？"

"怎么不能留？"

"那我永远笑不出来了。"老金不笑，就像不让他吃饭一样。

周德安看着他，足足几秒钟。老金也看着他，眨着眼睛坚定地看着他。

"你要去哪里？"

"去教书。"

"去哪里教书？"

"东溪镇。那里有所小学。"老金表情严肃，他已经决定了。

周德安看出了他的决绝，尽管十分惋惜，他多么想留住他，但知道留不住了，拍了拍老朋友的肩膀，走出了房间。

老金的要求不过分，大家都能理解，包括县府大院里那些熟悉他的人，人活一张脸树活一张皮，在这样的环境下不如离开。老金的要求得到了满足，他顺利来到了东溪镇镇办小学，重操旧业当了老师。

老金办的第二件事便是离婚。之前他老婆坚决不同意，她不可能同意，她不能离了婚成全他们俩。到后来她看到余平已远调他乡，老金决意要去乡下教书，离开县城，离开这个家，她知道这段婚姻已无可挽回，就在离婚书上签了字。

东溪镇的地理位置很特别，地处三个乡镇交界处，北面是临水乡，西面是陌干乡，镇小学所在田沙村与十里村毗邻，骑车只要十几分钟。当初教育局将学校规划在此就是出于这个考虑，可以吸收附近三个乡镇的孩子上学。余平的女儿就在这所学校。

老金只身来到学校，两个孩子留在了县城。他每月工资分文不留地寄给前妻供养孩子。他在学校附近搭了一个棚子，摆起了地摊，这个时候已经开始有了个体经济，他放学以后、节日假日给人修鞋，配锁，修自行车，他的笑眯眯的脾性换来了好人缘，生意越来越好，收入早已超过他的工资。

老金的人生画了一个小小的圈，又回到了原点。不过这个点已然不同于当初的起点，他不再是孤身一人，他有了牵挂，有了寄托，有了希望，他要照顾自己的孩子，还要照顾老的、小的，还有他心里的一份念想。

2018 年 2 月 9 日

两个小伙

两个小伙两种人品，都是外出打工的农民工，一个实诚，一个欺诈，一个踏实，一个敷衍。两人有点像当下社会的缩影。只是希望前者能够成为主流，成为普遍现象，不要被后者浸染了社会肌体。

小侯

家里的卫生间因楼上渗水，房顶上有一小块面积的墙面起鼓脱皮了，眼看就要掉下来，于是打电话请人来修补。一个工人上门看过现场后，用手机拍了几张照片就走了，说过几天再来。

他没有食言，一个星期之后来了一个小伙子。小伙子推了一辆小三轮车，车内放了一架小型折叠梯，还有一些施工用的材料和工具。小伙子个子不高，看上去就二十多岁。他没有直接架梯操作，而是先把卫生间里的毛巾、洗发液等洗漱用品一一搬出来，我这才意识到会有灰尘落下，赶紧过去一起搬东西。东西搬尽，他把带来的一捆泡沫纸展开来铺在卫生间地上，铺到了每个角落旮旯儿，满满当当，没有一点空隙。然后在泡沫纸上架起楼梯，爬上去作业。他去除了起鼓的表皮，刮泥子，再用砂布打磨。

我问他："如果楼上再渗水怎么办？"他说："楼上已经做过了，先去了他家再到你家的，不然你家做了也没用啊。"我听了好高兴，我的顾虑打消了。

小伙子刷过一遍墙下了楼梯，对我说："要刷三遍。今天是第一遍，要看墙体吸收情况，墙面干了才能刷第二遍。估计一两天就能干。"

小伙子收起楼梯等工具，地面已经落了不少灰，他把地上的泡沫纸小心翼翼地包裹起来，放入三轮车里带走，卫生间没留下一点垃圾。

第三次上门，他刷完了最后一遍乳胶漆后，开始收拾工具清理现场。我见他还有余下的泥子粉，就请他帮忙到阳台上补一个洞，大约只有拇指头大小的一个洞，那是装晾衣架的师傅安装升降器时留下的，黑黑的一个洞甚是碍眼。升降器也没有装好，没有牢牢地紧贴在墙面上，只是松垮地"挂"着，摇动衣架时升降器会跟着一起动，大有脱落之虞。我只想请这个小伙子用泥子帮我把黑洞填平，这样和墙面基本是一个颜色。但是那个小黑洞一半在有空隙的升降器后面，我想他只要用一个小工具，比如一个小刀片伸到升降器后面填上泥子就行，我估计几分钟就好了。

可是他一看到那个小黑洞便放下了手里的泥子。他问我有没有工具。我没明白他的意思，找到一把螺丝起子给他。他接过起子要拆那个"挂"着的升降器，我一下瞪大了眼睛。他说："这样子怎么弄啊？拆下来才能把泥子填进去抹平啊。这个东西（升降器）也没有装好啊。"他很快把升降器拆了下来，让我抓住，墙上是四个黑洞。我两手用力抓紧，不然升降器会滑到天花板上去，而晾衣杆会掉下来。他打开盒盖，这是一个"心"形升降器，三个角上分别有三个膨胀螺丝。他把膨胀螺丝抽出来给我看，螺丝根本没有"膨胀"，完好无损，可见没起到膨胀效果，所以没能把升降器吃紧在墙上。

他用螺丝起子试探一下受损的墙面，发现轻轻一捅就是一个洞，原来这面墙是保温墙，里边是网状的泡沫板。我们都明白了升降器固定不住的原因。我告诉小伙子，原先升降器是要装在阳台边上那堵墙上的，可是那个师傅说墙体太硬，电钻打不进去，才装到靠房间这面墙上的。我两只手拽住升降器，看小伙子为难的样子，有点后悔 让他填补那个黑洞了，令他大动干戈地拆下了升降器。小伙子盯着墙面想办法。他问我："你们家厨房在哪儿？"我说："就在卫生间旁边。"他从厨房拿来两根木筷子。他问我："家里还有榔头？"我说："地上的柜子里你找找。"他抽出柜屉，找到一把铁榔头，那种带起钉子的榔头。他把筷子当钉子钉入墙里，筷子进去了大约三分之一，他感觉紧了，然后平墙折断筷子，又把一节筷子钉入另一个洞，三个洞里嵌入了四节筷子，洞口大的他敲入了两节筷子。他敲紧，钉牢，筷子在洞内，和墙体在一个平面上。我明白了他的意思，他是要用筷子充实墙体，把泡沫墙变成实体墙，这样才能吃住膨胀螺丝，固定升降器。我心里佩服，小伙子真聪明。他从我手里接过升降器装到墙上。就在他拧螺丝时，起初感觉还行，可是越到后面越不吃力了，螺丝滑向了一边，不在筷子上，又挤到泡沫墙上去了，三个膨胀螺丝都是这样。升降器装不到墙上了。

看到这样我没信心了，这是要把钉子固定到棉花上啊，怎么可能！难怪当初那个师傅把升降器"挂"在墙上就收工了。看着小伙子满头是汗我心里真是过意不去。我对他说："能有什么办法让它复位吗？我们不弄了。"小伙子说："这样子就是复位也不可能啊。"他把升降器再交给我抓住。他觉得钉进去的筷子有问题，要把筷子取出来。这太难了，开始可没想到要抽出来的，钉得死死的。他试图抽出来，可是筷子在墙里面纹丝不动。他想找个合适的工具能剔出筷子，可是找不到。于是他用牙去咬，想咬出筷子。我赶紧说"不行不行这不行！"他没有听从我的"不行"，只是咬不到筷子，他放弃。他看了看地上，拾起那把榔头，想用取钉子的那头去取筷子，可是筷子缩在墙里面，根本够不着。他用两个手指用力去捏，想把筷子抡出来，还是不行，筷子就像长在里边了。看着他着急的样子我十分懊悔，也急出了一身汗。他拿起那把螺丝起子，伸到筷子边上，起子刚刚能触到筷子，他一点点一点点地往外拨，筷子终于有点松动了，慢慢地慢慢地一点一点地出来了。他如法炮制，又把第二根、第三根、第四根筷子这么取出来了。我深深地出了口气，心想，只要把这个令人不堪的升降器"挂"上去就行，费了小伙子这么长时间，添了这么多麻烦，实在不好意思，洞也不要补了。

膨胀螺丝虽然没能吃到墙上，可是已经扭曲不能用了。小伙子在柜屉里找到几个宜家出品的秀气的膨胀螺丝替代。这回他没有事先钉入筷子，而是先把升降器装到墙上。就在做这个动作之前，他还没有忘记我请他的初衷，他把泥子填在了那个多余的抢眼的黑洞上，再用手指抹平。升降器"挂"到了墙上，然后他再在松动的洞眼里把筷子敲进去，顶住螺丝，哪儿有空隙就往哪儿钉筷子，把洞眼堵得死死的，挤压住螺丝，升降器居然不动了，牢牢地固定在了墙上，没有一点缝隙。他用手使劲扳它，看是不是牢固，我吓得赶紧叫他别动，再垮下来怎么办。升降器纹丝不动，完全服帖在了墙上。我激动得涌出了泪花，为小伙子的诚意，为他的努力，为他的不苟，为他的不易！我发自内心地感谢这位小伙子！

小伙子姓侯，贵州人。他告诉我，年后就不在南京打工了。这天，2016 年 12 月底，是他本年度的最后一档活儿。这样的小伙子不论到哪里都能干好工作，都会受人尊敬，受到欢迎。

现在我只要走到阳台上，看见紧贴在墙的稳固的升降器，总是会心一笑，想起那个认真负责的小伙子。

我衷心祝福小侯，前途光明，生活幸福！

小松

家里客厅里的空调柜机坏了，年初冬天就不制冷了，一直没请人修。主要是觉得已经用了十多年了，万一修理费太高还不如买台新的，这事就没放在心上。可是夏天到了，空调不制冷，特别是吃饭的时候受不了，总不能到房间里去吃饭呀。良人觉得还是应该请人来看看，如果需要大修，费用太高就换新的。他估计问题不会太大，他是学电子的，电子产品的技术原理他多少了解一点。

我打电话给空调维修部，很快得到回复，说师傅已经安排好了，并给了他的手机号码，让我和师傅直接联系，约定上门时间。

我当然希望越快越好，马上拨打师傅手机，手机号码显示"河南驻马店"，是位河南师傅。他说："明天上午九点半吧。"我觉得这个时间有点晚，希望他早点。他说："那就九点吧。"

第二天上午九点师傅没到，又过了十几分钟，我打电话过去。手机里的声音听起来还在睡觉，被手机叫醒的。他迟到了四十分钟。师傅三十来岁，皮肤黝黑，身材高瘦，动作麻利，看上去是个精明能干的人。

我对他说:"你先检查一下是什么问题,如果还能修理的话,费用多少请你告诉我,如果修理费太高就不打算修了。"

他说:"我会告诉你的,但是开机费要收100元。"我说没问题。天太热,我给他倒了杯凉水,见他抽烟又递了包烟给他。

他打开柜机下面的扣板,看了看,又爬到窗外检查室外机。打开机壳后,他对我说:"压缩机的启动机坏了,所以不制冷,换一个启动机就好了。"听到"启动机"坏了,我想是大问题了,问他换一个多少钱?他说380元。他把那个坏了的"启动机"拿给我看。那是一个圆柱体,类似于手电筒大小,外表包了一层铝壳。我记住了良人的话:正常收费应该不会超过400元。我觉得这个价格能接受,再次向他确认:"是不是换一个新的就好了?还有其他费用没有?"他回答:"没有了,换上这个就可以了。"我说那就换吧。

他下楼去带了一个同一型号的塑料外壳的"启动机"上来,换上以后空调就制冷了。然后他对我说:"我跟你讲啊,还要装一个风扇,没有风扇机器会烧坏的。"我没明白他的意思。他说:"你原来的这个'启动机'里面是有风扇的,现在换上的这个是不带风扇的,所以要另外装一个风扇,一个风扇的价格是220元。"我不高兴了:"你刚才没说要装风扇啊,我特意问过你有没有别的费用,你说没有了。现在怎么又冒出来一个风扇?"他再重复:"你原来那个'启动机'里面是带风扇的,现在这个新的里边没有，所以要配一个风扇，不然机子会烧坏的。"我觉得这人不诚实，说不定还会捣鼓出什么别的花样来。

我打电话给良人，用手机拍了"启动机"的照片传给他。良人来电话了，让师傅接听。对他说："我判断就是电容击穿了。不就是个启动电容嘛，什么'启动机'你能唬我吗？"这人说："我们就是叫'启动机'的。"良人说："我不管你叫什么，我跟你讲，你能修就修，不能修就把你的电容拿走，给你开机费走人。"良人挂了电话，并说他马上回来。

我对这个师傅说："你把空调给我复位，我给你开机费，你可以走了。你没诚信，我不修了。"我还从网上查到这个型号的电容价格是90元。90元也许不能买到，但也不可能是380元。

这人一句话不说，也没打算走，只管把电容装上，动作极快，像在抢时间一样，再也不提风扇的事。在良人到家之前，他把室外机的外壳和室内机的扣板都复位了，空调开着在制冷作业。

良人回到家看到这情形，不再说什么，就让他把氟利昂一起充上，当然这是另外收费的。最后一共给了他600元，他收下费用准备离开。临出门时他对我说："我不是乱收费。如果你们不满意可以去投诉我。"他还想为自己的欺骗作辩解。我不客气地说："我会的。我有你的手机号，有你们公司的电话。"

他走了以后，我开始清理垃圾，把挪开的家具归位，把他踩过的窗台擦干净。大约十几分钟之后，我的手机响了，一看是刚才那个修空调的人打来的。他说让我家良人听电话。他说："我看你人挺爽快的，我还是告诉你吧。那个室外机的盖子没拧紧，你自己拧一下。"良人一听正色道："你是来修空调的，你有责任装好，盖子没拧紧是你的事。你让我去拧上，我找你干吗？你今天必须过来给我装好。"他不高兴了，说："那我不该告诉你了，是我多事了。"良人说："你不告诉我，我就不知道了吗？窗台上就有你落下没装上的零件。我还告诉你，外壳没拧紧噪声会很大，而且氟利昂容易泄漏。你想要我吗？"他无话可说了，很不情愿地说下午来。

他是故意的，赶在我家良人没回来之前急忙把电容装上，然后故意不把外壳装好，因为谎言被揭穿，没能蒙到那笔风扇钱心生不满而使坏，想想担心遭到投诉，才又打了这个电话。

我的手机跳出了他的微信，此人姓松。

良人下午去单位了。大概三四点钟，猛一阵敲门声，来人没有按门铃。我开门一看，是松某。他捂着肚子，冲进门直嚷："厕所厕所。"我指给他卫生间。

几分钟后他出来了。我见他手里只拿了一个活动扳手和一把螺丝起子，他的工具袋并没有带上来。他翻到窗台外面去完成他未尽的职责。他把丢在窗台上的零件装上，发现少了一个螺丝。我说："你的工具袋里有的呀。"他不回答也不说话，从室外机的另一边拆下一个螺丝装上。我说："你这不是拆东墙补西墙吗？你太不负责了。"他说："你放心吧，我既然来了就会给你装好的。"我心想，你没蒙到钱就在我空调上做手脚，不然需要跑这一趟吗？我能对你放心吗？"

他向我诉苦："干我们这行是很辛苦的，我到现在连饭都没吃。"我说："你没吃饭？空腹还会闹肚子？你上午在这儿还好好的呀。"他不吱声了。我当即戳穿他的谎言。最终，室外机的外壳还是少了一颗螺丝没装上。

松某走了之后，我害怕起来，想起他在卫生间里待了几分钟，心里一阵忐忑，他不会是假装肚子痛在卫生间里又做什么手脚吧。我赶紧进卫生间查看，看看四周，看看门后，看看柜子里边……心里充满了不信任，有点神经质了。我感到自危。

这种人能对一个人这么做，就能对其他人这么做。如果这种人多了，这个社会就没了诚信。一个没有诚信的社会人人会感到自危。

四个婆婆

在我国南方，管上了年纪的老太叫婆婆，就像北方人唤作奶奶一样。文中的四个婆婆起初并不相识，因老房拆迁被安置到了一栋楼里，成了邻居。

这是一栋新楼，每层楼按四户人家构建，三套两居室房（没有客厅），一个单间房，每层楼有两个厕所，两间厨房。以楼梯为界，东边两户人家共一间厨房、一个厕所，西边两户人家用一间厨房、一个厕所。

这栋居民楼有五层，在20世纪70年代可谓"高档"住宅。所谓"高档"，是每层楼都有厨房和厕所。要知道，当年的住宅小区基本上都只有公共厕所，有的附近一带、一路只有一个厕所，上趟厕所要跑老远，家家户户都备着便器，如果附近有厕所，那是幸运的。我就见过一个居民小院，里面住了十来户人家，只有一间厕所，两个坑，不分男女，要上厕所先在外面喊一声："有人没有？"再进去。条件虽然简陋，但毕竟有一个厕所，不必憋几条街去上厕所，或者穿几条巷去倒污秽。所以这栋楼每层都有厕所，这在当时既现代又文明，能住进去让人羡慕。厨房也不是多少户人家共用，只有两家人。

四个婆婆都在六十岁上下，年纪最大的吕婆婆七十多岁，考虑到她们爬楼不方便，都分在了一楼。东边住的是尤婆婆和央婆婆，尤婆婆驼背，人们习惯叫她驼子婆婆。西边住着吕婆婆和邵婆婆。央婆婆靠近楼梯，驼子婆婆每天要从央婆婆门前经过，西边的吕婆婆每天要从邵婆婆门前走过。

四个婆婆只有央婆婆参加过工作，五十岁那年从一家鞋厂光荣退休，领一份退休金安享晚年。央婆婆好静而爱净，长得也白白净净，每天把自己收拾得平平整整，从头到脚一丝不乱。央婆婆的特点是有一对大号烟囱鼻孔，圆圆的鼻孔张得老大，总是抢在眼前，把脸上的其他器官甩在老后。央婆婆守寡多年，她一人分了一个单间。儿子卫国在县城工作，在当地成了家，有一儿一女。卫国回来看央婆婆的时间不定，过年他们在一起团聚，平时就是央婆婆的煤快用完了，写信给卫国他就回来了。卫国回来给央婆婆做煤球。

那个年代用煤是要票的。因为物资匮乏，实行计划经济，许多日用品都要凭票定量供应，除了煤票还有粮票、油票、肉票、糖票、布票，等等，仅有钱没有票这些东西是买不到的。粮票又分全国粮票和地方粮票，有人去到外地，在当地买个包子馒头吃个饭什么的，就要用全国粮票，这个时候当地粮票就不管用了。全国粮票到哪儿都能用，所以比地方粮票价值更高，一斤全国粮票能换几斤地方粮票，因此供应也更有限。有的人家孩子多，饭量大，粮食不够吃，就拿全国粮票兑换地方粮票，再不够就到黑市去买粮票，或者买黑市大米，黑市大米不用粮票。

买煤（一种比较粗的煤粉）比买煤球价格便宜，煤票也要得少，所以好多人家买煤回来自己做煤球。做煤球就像和面一样，先对水和匀，调到不干不稀的程度，然后团成一个个像桃子一般大小的球，晒干了就是煤球了。所以做煤球要在晴天，雨天不能做，一场大雨下来煤球全化成墨水了，煤也流失了。卫国像央婆婆，话语不多，见人笑笑。卫国回来的日子央婆婆会去菜场买点猪肉，那个年代牛肉、羊肉似乎很少见，平时她自己很少买肉吃，她把省下或者余下的各种票让儿子带走。做好的煤球装入箩筐里，卫国就走了。

每天从央婆婆家门前走过的驼子婆婆，身材壮硕肥胖。驼子婆婆有高血压，面色常年呈绛紫色，不知是血压高的原因还是太阳晒的。胖得两边腮帮上的肉松垂下来，随着她推着冰棒车的步履一抖一抖，像挂着两块猪肝。

驼子婆婆给自己找了份工作，卖冰棒。她一年有半年时间卖冰棒，每天一大早出门，下午四点来钟回来。驼子公公（人们这么叫她老伴儿）担心她的身体，不让她在外面时间太长。但也不阻止她出去，她在家没事干就心烦，心烦就生事，生事就骂人，弄得一家人鸡犬不宁，不如让她出去。加上卖冰棒也能贴补一些家用，他的退休工资不高，还有两个孙子要照顾，两个孙子都不大，大的不足十岁，如果不卖冰棒日子还是紧巴巴的。

驼子婆婆和老伴儿带着两个孙子住在这套房子里，儿子爱军住单位集体宿舍。集体宿舍起初是三个人合住一间，后来爱军处了一个对象，两人如胶似膝难舍难分，有一天趁同宿舍的两人上夜班，爱军让女友留宿了下来。到后来留宿越来越频繁，不知不觉地把两个室友挤走了，集体宿舍变成了两人的洞房。不久他们有了孩子，有了一个，生下；再有第二个，再生下；两兄弟相继出生。

可是驼子婆婆不喜欢这个未过门的儿媳妇英珍，虽然从外表看英珍配爱军绰绰有余，但是驼子婆婆不喜欢，因为英珍没有工作。在计划经济时代，人们基本上是靠工资吃饭，有工作才有正常稳定的收入。驼子婆婆认为英珍没有工作，要么是好吃懒做不愿意上班，要么就是没本事连个工作都找不到，所以坚决不同意这门婚事。她开始是骂爱军，骂他没本事找个没工作的女人。骂了一段时间不见效，两人还是在一起，后来就骂爱军是流氓，要把他告到派出所去，把他抓起来。有时候越骂越气，操起棍子打爱军。

驼子公公不敢说也不敢劝，只是抓住她手里的棍子不让她打儿子，又担心她高血压发作倒地不起，趁她骂累了喘气的工夫夺下棍子藏了起来。他不能说话,只要一开口驼子婆婆就骂他,骂他是头猪,是条驴,三棍子打不出一个响屁来,如果不是他这么窝囊,儿子怎么会这么没出息找个没人要的女人,让她深受其辱,受这么大的气,今后还要受罪。

见骂儿子无效,就转而骂英珍,骂她不要脸,骂她贱,还没结婚就搞大了肚子,用这种手段缠住她儿子。她骂人是破口大骂,有多大嗓门放多大声音,她不怕别人听见,就怕别人听不见。

后来爱军在父亲的内应下偷偷拿了户口本两人注册登记了,英珍不再是不要脸的女人了。驼子婆婆知道后差点没气死,从此不让英珍进家门,两个孙子她像老母鸡一样护在了翅膀下,不给儿子儿媳。她见爱军就骂,要他离婚,逼他离婚。

驼子婆婆骂人时两只鼓鼓的眼睛像两团火球,脸色更加乌紫,唾沫四溅,嘴角挂着白沫。驼子婆婆嫌弃儿媳没工作,但她没想过自己也没有工作。

英珍进不了家门,起初还趁驼子婆婆卖冰棒不在家的时候偷偷回来看看两个孩子,后来渐渐地少了。爱军终于有一天忍受不了驼子婆婆的纠缠谩骂,离婚了。驼子婆婆不再吵闹,家里安静了下来。英珍走了,爱军也难得回家了。

驼子婆婆不骂人的时候也会有笑脸,那是在她浇花的时候。

她喜欢养花,阳台上、窗台下,院里别人家的鸡笼上、车棚上都放了她的花盆,花盆里种了各种各样颜色不同的花。她每天起来的第一件事就是浇花，浇过花后再出门卖冰棒。她的花养得好，比别人家的都好，又茂盛又鲜艳。她晚上不让孙子去厕所，小便就尿在夜壶里，第二天早上她在尿壶里对上水，就用它来浇花。每天早上，院里弥散一股尿臊气，夏天气味更重，邻居要急忙关上窗户。邻居委婉劝她："驼子婆婆你就用水浇花吧，气味受不了啊。"她笑着说："用水浇花哪里长得这么好啊，你看多漂亮啊。"她打着哈哈，充耳不闻，我行我素。

两个孙子一天天长大，家里开支见长，驼子婆婆每天回来得更晚了。

邵婆婆其实不姓邵，大家随她老伴儿邵公公这么叫她，娘家姓反而没人知道。邵婆婆个子小巧精瘦，皮肤黝黑，后脑勺缩一个髻，看上去精干利索，走起路来脚下生风。老两口和儿子有根一起生活，一家三口住在西边，靠近楼梯，和东边的央婆婆家一样，开着门，上下楼能看到屋里。

邵婆婆老两口以卖酒为生，自家酿制米酒。他们家有一个大圆木盆，大到一个成人可以在里边洗澡，每次做酒时，圆木盆放在院里的厨房窗下，从厨房里接出一根水管，水就直接放到木盆里淘米。木盆里珍珠似的雪白糯米，在邵婆婆粗糙的双手下搓揉成甜蜜的美酒。邵婆婆家的米酒不掺水不加糖，做出来的酒甜得齁嗓子，不小心会被呛住。邵婆婆逢人就笑，一脸和蔼，邻居要买她家的酒，她不肯收钱，硬塞给她，她会把人带来的器皿盛得满满的。

老两口十分勤俭，一年三百六十五天，只有春节歇息几天，走亲戚拜年，其他时间都卖酒，越是逢年过节越好卖。老两口做了几十年米酒，知道不同的季节、不同的气温几天能来酒，做一次酒能卖几天，所以差不多这波酒快卖完了，下一波酒又出来了，不会断档。邵公公每天一早挑着担子出门，两只木桶一边一个，架在肩上就像一副天平稳稳当当，手里拿着两片竹板有节奏地敲打，他不吆喝，邵公公平时话语就少，少到做生意也不想动嘴，人们听到清脆的竹板声就知道卖酒的来了。他下午四五点钟就回来了，有时候售罄，有时候两只木桶见底。

邵公公出去卖酒，儿子出门上班，邵婆婆收拾了碗筷，洗好衣物也出门了。邵婆婆不会在家闲着。

邵婆婆干吗去呢？用今天的话说叫拾荒。但是邵婆婆不翻垃圾桶，不捡废品卖，她只拾"柴"，只要能烧火的，能做燃料的她都捡，废纸、竹篾、树枝、刨花、木棍、木块……一切可以燃烧的什物，她在大街小巷转悠，如果发现一处建筑工地那就如获至宝。

工地上建筑材料多。那个年代建房不像今天，都是钢管脚手架，还有安全爬梯，现代化设备。那个时候的脚手架是用一根根粗壮的毛竹搭建，纵横交错的毛竹用剖好的竹篾条捆扎，篾条宽约一寸，细薄如纸，用来替代绳子，可以把脚手架扎得牢牢的。竹篾是一次性的，用过就裂了，工程完毕拆下脚手架就扔了，这可是易点易燃的上好柴料，邵婆婆每次可以拖回来一大捆。脚手板也是竹器的，用一根根竹条编制而成，走在上面咯吱咯吱响。脚手板使用时间长了缝隙会变大，存在安全隐患，房子建好了也就不带走了。邵婆婆把竹条一根根拆下来，捆好背回家。

从工地搬回家是第一步。在院里放下，邵婆婆会歇息片刻，倒杯水喝，或者用开水热口泡饭吃。她一个人不想生火，邵公公中午不回家，有根也是早出晚归。

歇息好了，开始处理柴料。她把竹篾条掰成尺把长，码齐整了，捆好扎紧，再把竹条一根根折断，可是竹条韧性好，不易断，于是进屋去拿柴刀。邵婆婆家的柴刀很锋利，邵公公经常磨，有时邵婆婆会拖回来一株被大风刮倒的大树，所以她需要一把好柴刀。当邵婆婆砍不动时，有根帮忙。邵婆婆把处理好的柴料一捆捆搬进屋里。

厨房不大，大约只有六七平方米，为了最大限度地利用空间，两家人的灶台连在了一起，灶台顶住了两边的墙，邵婆婆家是柴灶，吕婆婆家是煤灶，灶台占去厨房三分之二的空间。厨房里还有一个水龙头，余下空间只够两人操持，进出都要退让。所以邵婆婆把柴料都堆放到房间里，床底下、饭桌下、屋顶的隔板上都是柴，相信里屋也是这样，兴许是里屋放不下了才堆放到外屋来。邵婆婆家不用煤只烧柴，柴料全部是捡来的不花钱。

这间厨房从外面看，窗户的玻璃、窗框都成了黑色，打开窗户里面就像一个黑洞，看不到二色，很难想象墙面曾经是白色。邵婆婆家的饭锅、炒菜锅、锅盖、锅铲、水壶样样漆黑，每件都像锅底。共用厨房的吕婆婆家的炊具不可能近墨者不黑，一向爱干净的吕婆婆只好每餐饭后把炊具收到屋里去。

吕婆婆是北方人，个子高挑，两条长腿像"细脚伶仃的圆规"，圆规下面是一双馒头般大小的金莲，走起路来就像踩高跷，每走一步必须牢牢地扎在地上，不然有倾倒之虞。吕婆婆两儿两女，小儿子二子和他们住在一起，二子是司机，开车跑运输，经常不在家，大部分时间是老两口在一起。

四个婆婆的风波就从两家人共用的厨房开始。

相信吕婆婆当初搬进来时，愿意和邵婆婆一起搭建灶台，是出于睦邻友好互助，即使看见邵婆婆的柴灶有别于自家的煤灶也没有想太多，当然想了也没用，这是别人的自由。当两家人一起做饭时才发现厨房里烟熏火燎，乌烟瘴气，斗大的厨房开了门窗烟也出不去，空气不对流，遇到刮北风，烟往厨房里倒灌，整个楼道里都是烟，烟从楼道里穿过再从单元门跑出去，隔墙院里的人开始还以为失火了，慢慢地知道了怎么回事。做饭的人睁不开眼睛，看不清锅里的菜，于是开灯，一段时间后，厨房里的灯变成了萤火虫，墙黑了，锅黑了，炊具都黑了。

一天下午，吕婆婆见邵婆婆拾柴回来了，有意识地开始在厨房里清洗炊具，又是擦灶台又是擦锅盏。她抓一把稻草蘸着热腾腾的碱水使劲擦，动作幅度大，声音特别响，她就是要弄出声来让邵婆婆听见，让她看见，她这是无言地告知，无声地抗议："你看看，就是因为你们家烧柴把厨房都熏成了黑色，连炊具的颜色都看不出来了，希望你看见之后别再烧柴了。"

邵婆婆笑眯眯地进出厨房，视若无睹，该做饭做饭，该烧柴烧柴，每天照样出门拾柴。

吕婆婆无奈，只好把擦亮的锅盏收到家里去，做饭的时候再拿出来，就这么每天搬进搬出，怨愤越搬越大。

吕婆婆家是吕公公做饭。吕公公自从尝到邻家烧柴的滋味后，每次进厨房都会在肩上搭一条毛巾，夏天是湿毛巾，冬天干毛巾，随时准备擦眼泪。这天二子出差回来了，吕婆婆特地买了菜，让吕公公晚上多做几个菜，父子俩喝几杯。

吕公公在厨房里烧菜，邵婆婆坐在一个小板凳上，往炉灶里添柴，她在煮饭。吕公公不时地擦眼泪擦鼻子，他把炒好的菜递给站在厨房门口的吕婆婆，吕婆婆接过来再端进房间里。吕公公被烟火熏得睁不开眼睛，又递过一道菜，他急于擦眼泪，以为吕婆婆接住了，松了手，可是吕婆婆并没有触到盘子，只听"咣当"一声，盘子掉地上了，菜撒了一地，盘子也碎了。吕婆婆瞬间火就蹿上来了，尽管被怒火冲了头脑，但她十分清醒，这不怪吕公公，她满腔积怨对准了正在添柴的邵婆婆，她一把推开吕公公，迈开金莲，冲进厨房，端起灶台边上的一盆水泼进邵婆婆正在熊熊燃烧的火炉，由于怒火中烧，端水的手在颤抖，水没有全部泼进炉灶，有一半洒在了邵婆婆身上。邵婆婆只顿了一两秒，她猛地起身，一掌推向吕婆婆，可怜三寸金莲的吕婆婆一个趔趄坐到了地上，吕公公大叫："你想干什么？你要打人啊？"房间里的二子听见动静迅速跑了出来，一看母亲坐在了地上，赶紧扶起来，一着急，踩到了地上的菜差点自己也滑倒了。

邵婆婆大骂吕婆婆："你这个泼妇，你把我的火浇灭了……"

吕婆婆说："谁是泼妇？啊，我忍了你多久了，天天烧柴天天烧柴，这个院里哪家厨房是这样，把人熏得眼睛都睁不开，菜都看不见……"

"你看不见关我什么事，谁要你看不见……"

"不是你烧柴我能看不见吗？这是你一家的厨房啊……"

"我烧柴关你什么事？我愿意烧，我烧我自家的柴，我想烧就烧，你管不了……"

吕婆婆气得浑身发抖说不出话来，要冲上去打她，被父子俩拉住，拖回了家。

邵公公和有根不知何时站在了厨房门口，他们没有上前去劝阻邵婆婆，在这场争斗中邵婆婆没吃亏，吕婆婆骂不过她，炉灶里的火还没灭，邵婆婆继续添柴做饭。

吕婆婆换了衣裤，坐在里屋抹眼泪，气得饭也吃不下，父子俩在外屋吃饭喝酒。开始吕公公也很生气，可是二子拿了两个酒杯过来，给自己斟上了酒，也就端起杯子和儿子喝了起来。

二子在家最小，三十岁了还没成家，父母也不催他，二子脾气好，老两口最疼他。二子笑道："妈，你别生气了，我给你买个煤气灶回来。你还没见过煤气灶吧，现在外面已经有人用了，真是方便，不用生炉子，就像打火机一样，一点就着，上面有一个开关，不用就关了。"吕婆婆没说话，里屋没声音。二子知道母亲在听，"火还可以调节，想大就大，想小就小，一点烟都没有。"吕公公问："不烧煤吗？"二子说："不烧煤，烧煤气。煤气装在煤气罐里，煤气灶上通一根管子，另一头接到煤气罐上，打开煤气罐就可以点火了。用了煤气灶你就再不想烧炉子了。"吕公公问："有多大？"二子大声说："跟缝纫机差不多大，也不占多大地方。你们就可以在房间里做饭不被烟熏了。"

吕婆婆生气地说："那不是便宜了她家。厨房可是两家人的，我们不用，她家就独占厨房了。"

二子说："这个问题我来解决，妈你就别管了。"

二子喝了酒心情特好，酒足饭饱之后，他敲开了邵婆婆家的门。邵公公父子俩一人坐在桌前，一人坐在床上，不说话，在等饭。二子把有根叫了出来，天已经黑了，两人蹲在院里说话。

二子递烟给有根，有根摇头不会。二子自己点上烟，说："有根你看，两个老人这么吵也不是办法，每天低头不见抬头见的。"有根点点头。

二子问："家里是不是煤票不够用？不够用我可以帮忙。"

有根说："家里煤票都没用，都给我姐姐了。"

"那就是习惯烧柴。"

有根不说话。

二子笑着说："我知道了。那你看哈，如果厨房是自己家的，想烧什么都可以，别人不会说什么，也管不到。可是现在是两家人合用，厨房又小，烟出不去，两个老人真的受不了。今天晚上的事就是我父亲熏得眼睛睁不开了，没看清楚把菜打了。"有根没说话。

二子又点了根烟："想跟你商量件事，你看把厨房改造一下怎么样？"

"改造？怎么改造？"

"把厨房一分为二，一家一半。"

有根有点兴趣："你说怎么改？"

"我们进去看看。"

两人来到厨房门外。二子说："你看，厕所和厨房是共用一堵墙，厕所的墙快接近厨房一半了。我的意思是把厕所缩小，让一点空间出来，在这里开一道门，通进厨房。当然这道门小一点，但是可以进出。你家就从这道门进厨房，厨房里边的位置不动，你们家还靠窗户，这样你们淘米做酒也方便。我家还从现在的门进出。我们在厨房中间砌一道墙，一家一半。我这边会接一根水管过来，再装一盏灯，因为隔开以后我这边没窗户了，进去要开灯。你看怎么样？这样两家人都不影响。"

有根想了想，说："只要这个门能进人就行。"

"那是当然的，不能进人就不能改造了。"二子笑道。

两个成年男人回家告知了老人，老人没有反对，默认了。费用两家平摊。

于是请来工人，开墙，装门，再砌墙，这部分费用两家人均摊。二子请工人继续作业，改造他家这边，他让工人接了水龙头做了一个小水槽，装了一盏灯，墙面重新粉刷一新，拆了原先的炉灶，把煤气灶放在新建的灶台上，灶台下面放置煤气罐。二子还让工人在靠过道的墙上开了一扇小窗户，装了一个排气扇，做饭时油烟就排在过道里。排气扇斜对着邵婆婆家门口，但她没说话，她家厨房有一扇窗。

吕婆婆走进厨房，虽然只有笼子般大小，仅够站下一个人，但看到厨房雪白的墙面，明亮的电灯，她感觉心胸开阔，无比畅快。吕婆婆家的煤气灶让邻居们很是羡慕，家家都来参观，吕公公当面烧水给他们看，个个啧啧称赞。

两家人终于分开了，从此各过各的，吕婆婆和邵婆婆咳嗽之声相闻，到死不相往来。邵婆婆那边继续拾柴、烧柴，吕婆婆这边燃上煤气烧饭做菜，传统与现代并举，黑白共厨房一体。吕婆婆每天从邵婆婆门前经过，头抬得更高了，脚下的高跷似乎又升了一级。邵婆婆拾柴的士气大不如从前，坐在院里的时间更多了。

不烧柴未必就太平。驼子婆婆和央婆婆两家都用煤，也没能相安无事。

央婆婆一天只吃两顿饭，她每天早睡晚起。并不是她能睡到日上三竿，她还是早早就醒了，毕竟岁数大了睡眠少，她每天听着驼子婆婆的冰棒车出门，在床上为她送行。她只是不起来，躺在床上听收音机，边听收音机边按摩，按摩头，按摩眼睛，按摩脸，按摩耳朵，按摩肚子，按摩身体，全身按摩，再听听歌曲，听听新闻，一两个小时过去了。然后起来铺床叠被，穿衣洗漱，如厕梳头。收拾好了自己，并不着急吃饭，提了篮子出门买菜去了。她的菜肴很简单，一般是两样蔬菜，豆腐要票，她不舍得经常吃，省下来可以给儿子他们。她买菜是为了出去溜达一圈，如同散步，这是她每天的一道功课，必须出门一次，买菜回来就不再出去了。央婆婆大部分时间坐在房间里听广播，她喜欢听广播小说。她的房间白天都是敞开的，坐在屋里可以看人上楼下楼。房间朝南，她冬天坐屋里晒太阳，夏天外面热，坐屋里避阳光。

央婆婆买了菜回来，开始吃第一餐饭，大约十点来钟。

央婆婆用煤球炉，她没有起灶台，炉子边上卫国用砖块给她砌了一小块地方放湿煤。生炉子是件费事的事，先要用一些易燃的材料点火，比如废纸、刨花之类的，像邵婆婆捡的那种竹篾，一点就着，这叫引火。火引着了之后，就要放一些小细柴让它烧起来，细柴烧着之后再放更粗的柴料，粗柴耐烧，燃起熊熊大火，这时候就要放煤球了，用大火烧着煤球。刚放入煤球时，煤烟又重又浓，十分呛人，这时候生火的人会拿把扇子对着炉口使劲扇风助柴烧煤。不会生火的人最怕这一步，要么煤球放下太早，柴还没烧起来，煤球就把火给压灭了；要么煤球盖得太死，阻碍了空气流动，也把火给熄灭了。生火的人是痛苦的，被煤烟熏得一把鼻涕一把眼泪，手碰了煤球，再擦一把眼睛，脸上常常黑一块白一块。等到煤球烧着了之后，成了一个个红球，煤烟就没了，炉子就生好了。

央婆婆原先每天早上要生一回炉子，她把炉子提到院子里生火，煤烟散得快，自己也不会太呛，炉子生着之后再提回到厨房。后来卫国让她别每天生火，熏得难受，不省那点煤，就用湿煤封炉。湿煤就是调到不干不稀之后不做成煤球，不用炉子的时候，在最上面铺盖一层厚厚的湿煤封住炉火，但并不封死，中间留一个小口子，这样炉火不会熄灭。炉火会将湿煤慢慢烤干，烤干了就成了煤块，煤块就是煤球，只不过是块状。为了不浪费能源，一般都会在炉子上面放一壶水，顺带烧了热水或开水。炉子下面的炉口也盖上，这样煤会烧得慢一些，续火时间更长。再开炉时，先用火钳把上面的煤块敲成小块，这时候煤块下面的煤已经燃尽成了炉灰，打开炉盖，捅一捅炉灰，炉灰落下，上面的煤块便沉下一截，这时候加上煤球，煤块燃烧煤球，火就续上了，不用重新生火，只是多费一点煤。

央婆婆做饭自然要开火，开火就要捅炉子，捅炉子必然有炉灰。央婆婆每次进厨房都要在头上蒙一块毛巾，既挡灰尘，也避油烟。炉灰飘落到厨房每个角落，驼子婆婆家的水泥灶台上能看见一层清晰的白灰。央婆婆上午开火的时候驼子婆婆卖冰棒去了，到平常人家做午饭的时间，驼子公公也要开火做饭了，也是炉灰四起，只是央婆婆家没灶台，炉灰落在炉子上看不太出来，驼子公公做好饭就把灶台擦拭干净了，看不见灰尘。央婆婆的下午餐就是做晚饭时间，大致是驼子婆婆下工回来的时候。她卖冰棒午饭不能正常吃，在街上随便糊一口，并没有吃饱，中午做饭时老伴儿会为她留下一碗饭菜，热在灶台的炉火上，这样她下午回家后可以吃上一口热饭菜，事实上这时候她已经很饿了。驼子婆婆不进厨房，坐在院里的树荫下，端一只海碗大口地吃饭，吃得津津有味。等她吃完了，老伴儿不声不响地接过饭碗拿进去洗了，再递给她一把大蒲扇，驼子公公像伺候一个凯旋归来的将军，他在家洗衣买菜做饭，包揽了所有家务。驼子婆婆也以功臣自居，享受这种礼遇。

　　冬天驼子婆婆不卖冰棒，她像许多动物一样进入休眠期，驼子婆婆休息了。

　　驼子婆婆休息了就要找事，她闲不住。她不会像邵婆婆那样去拾柴，她看不上那点柴，她也不下厨，她瞧不起厨子，邵婆婆的儿子就是厨子，她觉得不如自己的儿子，技术工人，六级钳工。她不知道厨子也是技术工作，人民大会堂的大厨是个什么待遇她不清楚。

　　她也不似吕婆婆，有一份特有的清高。吕婆婆娘家小康，除了缠足吃了苦外，衣食无忧，嫁给吕公公也不差，吕公公教师退休，好涵养，知书达理，四个儿女数二子出息不大，但对他们二老也是孝顺有加。吕婆婆很少和驼子婆婆说话，她瞧不起她，遇到一个这么粗鲁的邻居她很无奈，她把驼子婆婆放在她家自行车棚上的花盆拿了下来，放回她家窗户底下，她说闻不得那种浇花的味儿，这是一种无声的反感和抵触。驼子婆婆无话可说，人家有资格这么做。吕婆婆表现出来的不屑就是极少和她说话。

驼子婆婆在老伴儿身上找不到事，他不理她，而且把她伺候得无微不至，她找不出事来。儿子爱军已经离婚了，虽然遂了她的意，可她也高兴不起来，每天看着两个没妈的孩子，又觉得他们可怜。爱军离婚后很少回家了，一两个月回来一次。儿子躲着她，她心里清楚，她有时候还希望他别来，最好再去找一个，给俩孩子找个妈，当然要有工作的。见不到儿子，找不到他的事，两个孙子她可以骂，情绪不好不顺心了她就骂，骂他们短命的，挨刀的，剁头的，什么语言恶毒她骂什么。两个孙子早已习惯了她的骂，该吃吃，该玩玩，听她骂就像听知了叫一样，除了聒耳没感觉。俩孩子在她的骂声中长大，居然逆天而生，锤炼得不卑不亢不屈不挠。大孙子初中毕业后做了当地第一批"倒爷"，练摊发财，成功转型，有了自己的门面，弟弟上大学的费用他一人承担，两兄弟相依长大彼此珍惜，这是后话了。

俩孙子对她的骂充耳不闻，不予理睬，驼子婆婆觉得没劲了。

这天驼子婆婆从厕所出来进厨房洗手，央婆婆正在捅炉子准备开火做饭，她头上的毛巾换成了围巾，叠成一个三角围在头上，在下巴底下绑了一个结，整个头、脖子还有一半脸蒙起来了。驼子婆婆一看，气就不打一处来，她不需要酝酿，张口就来："哎，你把头蒙起来，你怕灰别人就不怕灰了？"

"什么？"央婆婆没听清，也许是围巾遮住了耳朵，她正在钩煤灰。

"你搞得满屋子都是灰。你怕灰别人就不怕了？"驼子婆婆喊道。

央婆婆说："我开火做饭啊。"

"你这个时候做什么饭？"

"我就是这个时候做饭。我什么时候做饭关你什么事？"

驼子婆婆更来气了："你这个时候做饭就是不可以，搞得乌烟瘴气。"

央婆婆不示弱："你家做饭不是乌烟瘴气吗？不也到处都是灰吗？"

"我那是做饭的时候，家家都要开炉子。"

央婆婆说："我什么时候开炉子你管不到。我不是你儿子、孙子，你想管就管想骂就骂。"

央婆婆点了一把火，驼子婆婆叫起来："我骂我儿子孙子关你屁事啊，我想骂就骂。"

"我才不管你。但是你别想管我，我开火做饭天经地义。"

驼子公公出来劝道："进去吧，等下擦一下就是了。"

驼子婆婆一听火又蹿上来了："擦下就是，她是不是就是这么欺负你的？啊？你这个不要脸的寡妇，欺负到我头上来了。"

央婆婆已经丢下炉钩从厨房出来了，驼子婆婆追了出来。

老伴儿拉住她："她没有欺负我，你进房间去吧。"

央婆婆一点不软："我是寡妇，你将来是不是寡妇还不知道呢。寡妇总比没娘的强。"

驼子婆婆暴怒了，从来没人敢这么跟她说话，从来都是她骂人，哪有人敢骂她，居然还骂她的孙子是没娘的孩子。

"你这个寡妇我要撕你的嘴，你骂我孙子。"她要冲上去抓央婆婆，被老伴儿拽住了。

"是你先骂我，我是寡妇，你也要做寡妇了，你明天就做寡妇。"

驼子婆婆突然一下翻白眼，一口气憋住了，瘫倒在了地上。老伴儿"啊"地惊叫了一声，差点被她带倒。边上观战的邻居赶紧说"掐人中快掐人中"。驼子公公使劲掐她的人中，驼子婆婆回转过来，坐在地上大哭了起来："你这个不要脸的，你咒我呀，你咒我老伴儿呀，你这个断子绝孙的……"

央婆婆见她就要死过去一样本来不想再跟她吵了，没想到她还在骂，还骂她的子孙。央婆婆不饶了："我才没有断子绝孙呢，我孙子孙女好着呢，有爹有娘。"

"啊……你这个狠毒的寡妇啊，难怪死老公啊……"

"你老公不死吗？你不死吗？啊？"央婆婆没有大喊大叫，没有怒气冲天，但句句话像针一样扎进她心里。

看热闹的邻居们捂了嘴偷笑，有些人平时就对驼子婆婆不满，觉得她霸道不讲理，骂人又恶毒，还污染院里的空气，但慑于她的淫威不敢惹她，这次央婆婆替他们出了口气。邻居们也见识了央婆婆的厉害，她平时话不多，多半是一个人静静地坐着，逢人道一声"回来了"。看来央婆婆并不软弱，居然敢和驼子婆婆斗，就像她的鼻孔一样威武不屈。

驼子公公开口了："央婆婆你就少说两句吧，她有高血压，脑溢血就完了。求求你了，不要跟她计较，她有病。"这是邻居们听到的驼子公公说得最多的话，有些人还是第一次听他说话。

央婆婆回房间了。央婆婆是个识趣的人，见好就收，不会得理不饶人，她知道那会遭人厌，今天这场舌战明显是她占了上风，大家都看见了，驼子公公最后还求她呢。从此以后至少不敢在她央婆婆面前随便撒野了，驼子婆婆你要分清内外，你家里人可以随你骂，没人管你，但对别人，放尊重点。

驼子婆婆继续坐在地上骂，但已经没了气势，像呢喃一样，只有她自己能听见。老伴儿想把她扶到家里去，但没那个力量。二子过来了，从身后她的腋下一把托起，连抱带拖把她弄回了家。

邻居们散去了。央婆婆回到厨房继续开火，煤块都白了就要燃尽了，赶紧加煤球。她搬了个小板凳坐在炉边，拿把扇子对着炉口使劲扇，煤烟冒起来了，煤球着了。她继续扇，煤烟越来越小，她放下扇子，扒开炉灰，昨天煨了两个红薯在里边，她摸摸，熟了。

驼子婆婆一个星期没出门，她病了，犯了心绞痛，上厕所就在房间里的便桶里解决。这不是驼子婆婆一家这样，冬天气温低，上了年纪的和幼小的孩子都不敢半夜出来上厕所，怕受凉，家里都有便器。驼子公公把爱军叫回来了。爱军要送她去医院，她不肯，说不想死在外面做野鬼。爱军不言语了，知道她又在说气话，看她这么气盛，知道一时半会儿死不了，再多说只会招骂。

果然，驼子婆婆还没消气，她不服这口气。她对爱军说："我以后再也不要见到这个寡妇了，见到她我会气死。"

爱军说："这怎么可能，你每天都要从人家门前经过，除非搬家，你能搬到哪里去？你是拆了房子才搬过来的。"

"我不要跟她共用一个厨房。"驼子婆婆嗓门又高了。

"这本来就是两家人的厨房，不可能一家人独占啊。老娘你讲点道理好不好，你对我可以骂可以打，你不能对别人也不讲理啊！"

"我不管，我就是不要跟她在一个厨房里烧饭。"

"你又不烧饭，都是爸爸进厨房，你不进去就是了。"

"你是来气我的是吧？你要气死我是吧？你就是想我早点死好跟那个女流氓复婚。"

爱军一听突然咆哮了起来："那个女流氓已经嫁人了，不会跟我复婚了，你放心吧。"他气得摔门出来，不想理她。

他敲开了吕婆婆家的门，他知道这边两家也因为厨房的事闹分裂了，但是后来处理好了，两家太平了。他想找二子给出出主意。

二子把厨房门打开让他进去看。吕婆婆每天都把门锁上，她不想柴烟再熏黑了厨房，现在家里的炊具都放进去了，不用每餐搬进搬出。本来随手带上门也就可以了，不必上锁，但是吕婆婆要锁，锁门是一种姿态，一把锁隔出了两个世界，表明我和你不同，我们不是一路人，我的世界你是进不来的，甚至不愿意你看见。

爱军看了厨房觉得挺好，特别是煤气灶好，不用生炉子、捅炉灰，还没有煤烟，不就是因为生炉子闹出的事嘛。他羡慕地说："还是你有办法。"

二子笑道："这也是没办法，好好的一间厨房搞得像个笼子。"

"那总比吵架好。整天吵吵闹闹的我都被她烦死了。你这样大家就太平了。"

"那倒是。不过老人家都那样。"二子安慰道。

爱军又问二子总共花了多少钱，二子说了一个数，他说那不便宜啊。

爱军回到家跟驼子婆婆商量："你愿不愿意跟吕婆婆那边一样，厨房一分为二，一家一半？"

"那钱呢？"

"当然也是一家一半了，分摊嘛。"

"那我不要。她一个人占一半我才不要呢。"驼子婆婆气呼呼地说，她觉得央婆婆占了便宜。

"你……"爱军把想说的话咽下去了，他本想说"你真是不讲理，那人家也有一半呀"。他知道跟她讲没用，自己反而被骂。最后说："那就随你吧。"

驼子婆婆又不罢休："你去跟她讲，厨房、厕所一家一个。"

"那你要厨房还是要厕所？"

"我要厨房。"

"那她也要厨房呢？"

"你是什么意思？"驼子婆婆又来气了。

"你晓得要厨房人家就不晓得要啊，你还能逼人家要厕所啊？你以为是逼我啊？"

驼子婆婆看着儿子，听出了他话里的怨气，她让了一步，不说话了。"是你提出来的你就要让步，要让人家先选。"爱军没好气地说。爱军说这些话的时候两个儿子在边上，两个孩子虽然没有妈，但父亲明辨是非对他们还是有影响的。

驼子婆婆气得喘粗气，但她也反驳不了。

爱军看着可怜可气又可嫌的母亲，再去找央婆婆。

央婆婆正坐在床上听连续小说，她起来给爱军让座。爱军说："央婆婆，不好意思啊，不要跟我妈计较，你是参加过工作的人，比她懂道理。她就是那样的人，你也知道的，没办法。"

央婆婆说："我不跟她计较，看在你爸份上，你爸爸是个好人。"央婆婆一定忘了自己骂过的话"你也要做寡妇了，你明天就做寡妇"。真是打架无好拳吵架无好言，知道他是好人也要咒他。

央婆婆关心地问："还能复婚吗？"

爱军摇头："不可能了，她已经结婚了。"

"唉。"央婆婆一声叹息。

"央婆婆，我想跟你商量件事。"

"嗯，你说。"

"你看我们能不能像吕婆婆他们那边一样，两家分开来呀？"

"可以呀，你说怎么分？"央婆婆很爽快，没一点犹豫，她也希望分开。

"我们不一定完全照他们的样子。我们一家人得厨房，一家人得厕所，你看怎么样？"

"那我得什么？"央婆婆问。

"你得厕所，我们家得厨房。但是厨房隔一块出来给你，你可以放下炉子做饭。我们家就在厨房里挖一个坑作厕所。你看怎么样？"

"可以是可以。但是厨房不能给我太小了，我要能做起饭来。我平时是一个人，但是逢年过节我儿子一家要回来的，我要烧饭做菜的。"

"央婆婆这你放心，我肯定让你做得起饭来。"

"如果做不起饭我就不分了。"央婆婆最后再强调一次。

爱军回到家，把事情说了，他担心驼子婆婆不肯划出一块厨房来，先压住她："你不要再说话了啊，是你要分的，厨房是一定要划一块出去的，不然人家在哪里做饭。再啰唆人家就不分了。"这回驼子婆婆没说话，毕竟她得到了她想要的厨房。

二子把那家施工队介绍给了爱军，几天时间便完工了。

驼子婆婆家的厨房里挖了一个简易厕所，埋下一截粗管子通向边上的厕所，坑上压了一块水泥板，人可以站在上面，不占空间。央婆婆家的厕所也像西边那样缩小了空间，但没装门，用一块布帘遮挡住，在蹲坑上加了一个盖子，以免气味散出来。厕所匀出的空间，加上厨房让出的一块地方，放下炉子，边上还有一处放湿煤的地方，另外接了一个水槽，还有块地方放下一张小桌子，搁油盐酱醋和案板，央婆婆觉得还能转得过身来做饭，尽管逼仄，但只要能和她分开，不看她那张脸，她觉得值。再者一年大部分时间就她一人，一天两顿，做不了多少饭菜，有一个属于自己的空间，厨房厕所齐全，挺好。央婆婆也学着吕婆婆的样，在门上装了锁，一把锁，锁了厨房和厕所。

从此以后，一楼太平了，院里安静了。四个婆婆各过各的日子，只是东边的婆婆不和东边的婆婆说话，西边的婆婆不和西边的婆婆说话，东西交流，两厢理解，有种劫后余生的亲密。

如今，四个婆婆都已作古，她们没能享受到厨卫入户的人性住宅，也没能看到现代文明的生活设施。但是天堂里应该有别样风景，那里没有人间烟火，也就没有人间疾苦和纷争，她们应该比活在当下的人更轻松，更干净。

奸雄曹操

位于安徽亳州市的曹操运兵道，是一条古战道，全长六千多米，目前发掘出来的仅是十分之一，只有七百来米。内有四种道型：单行道、双行道、循环道和上下双层道，双层道已初具现代立交桥的雏形。单行道仅够一人通过，双行道能并行两人，起到加快行军速度的作用。循环道可兵分数路，但最终百川归海，都能汇聚到一处。

战道除了宽窄不一，高低也不同，最低处只有 1.45 米，至高也不过 1.8 米。当时东汉人的平均身高是 1.6 米，所谓七尺男儿就是这个高度。道内设计了不少障碍券（xuàn）。障碍券呈拱形，就在战道的头顶部，隔一段战道会有一个障碍券，当快速行进时，障碍券突然矮下一截，一头撞上去，不被撞死也得撞晕，这边疼痛还未消失，脚下可能又一脚踩空，扑个大跟头，原来战道又矮下一截。这种设计专门对付不熟悉环境的敌人。

曹操的心计在战道内处处显现。战道两侧的下端，每隔一两米便有一处凹槽，叫绊腿槽，里面放置绊腿板，使下绊子，让人防不胜防。战道不仅设计精细，也颇为科学。道内有龛座，可以放置照明灯具；有通气孔通向路面，全部自然通风，但在地面却一点也看不出来。所有通气孔都弯曲向上，有点类似今天的S管，避免雨水流进道内。道内还有储藏室可以储存水和粮食。

曹操为何要费尽心机修此战道呢？

公元190年，曹操讨伐董卓失败后，回到家乡亳州招兵买马，准备东山再起。因为刚打了败仗，损兵折将，人马稀少，为防止敌人乘虚而入，曹操便想出这么一个办法，修筑运兵道。他先把所剩不多的士兵从战道内悄悄运到城外，再从城外地面上声势浩大地返回，然后士兵们再从地道里走出去，到了上面换身衣服再返回来，就这样，原班人马循环往返于地面和地道，周而复始地来回运转，造成一个假象，让敌人误以为曹军雄师百万，兵强马壮，不敢轻易攻打。同时也有许多江湖豪杰，看到曹操兵多将广，认为他将来一定能成霸业，也都纷纷加入曹军。曹操的运兵道，壮大了队伍，鼓舞了士气，断绝了敌人入侵之念，可谓一举数得。

这条运兵道规模宏大，结构缜密，气势恢宏，被誉为地下城墙，让人不得不叹服曹操的智慧。

俗话说，三岁看大七岁看老。曹操的聪敏、狡黠在他幼年时已见端倪。

　　曹操自小顽劣，从来不是个听话的孩子，经常干坏事，周围邻居没少淘气。他的叔父就非常不喜欢他，频繁向他父亲告状，曹操为此没少受责罚。当然曹操也不承认坏事是自己干的，同时对叔父怀恨在心。为了报复叔父，让他以后不再告状，曹操想了一个办法。一天，他故意歪着嘴邪着眼地去看叔父，说话、行动一直保持这种状态。他叔父大惊，急忙跑去告诉兄长，说他的儿子不好了，歪嘴邪眼的一定得了大病。叔父刚走，曹操就跑别处玩去了。他父亲一听，赶紧去找儿子，跑了一圈没找着。过了不久，曹操回家了，父亲见到儿子一切正常，没有任何怪异，便问他怎么回事，曹操说："叔父的话可不能听，他因为不喜欢我，所以才这么咒我，他以前对你说的话全都是假的。"从此，曹操的父亲再不相信这位叔父的话了。曹操心里偷着乐，他的目的达到了。

　　曹操与袁绍少年时代就认识了，但是袁绍从来不是曹操的对手。那个时候两人经常结伴游荡江湖。一次走到一个乡里，看见有人在青庐中（青布搭成的棚屋，新婚夫妇在此行交拜礼）举行婚礼，两人悄悄潜入主人园中。等到夜晚，曹操突然大叫："有贼啊！"青庐里的人听到喊声立刻跑了出去。曹操趁机溜进青庐，抽出利刃劫获了新娘。曹袁二人出了园，走不多远迷了路，袁绍一失足掉进了路边的荆棘中，一时动弹不得。曹操不但不帮他，反而大叫："偷贼在这里！"袁绍大惊，顾不得疼痛，一跃而起，仓皇而逃。

曹操的不义袁绍当然心里有数，总想伺机报复。一次入夜，袁绍使人用剑投掷曹操。曹操当时已经睡下，剑投得偏下，没有击中曹操。曹操想，下次他会投得高一点了，因此他紧贴床上睡，果然，剑投高了，曹操毫发无损。他当时一定在床上窃笑袁绍这傻冒。

曹操的足智多谋，袁绍是无法企及的。所以后来的官渡之战，尽管袁绍兵力强盛，占尽优势，曹操仍然能在五千对七万众寡悬殊的情况下打败袁绍。袁绍从此一蹶不振，再也没能翻过身来。

曹操生性多疑，但就是在多疑中，也能看出其过人的智慧。

是人总有弱点的，曹操也不例外。曹操其貌不扬，对自己的外貌缺乏自信。一次，匈奴使节要来拜见曹操，曹操自惭形秽，认为自己的形象不够英武，不足以震慑匈奴使节，就令身边一名身材高大的卫兵代替自己，曹操则持刀侍立一旁。拜会结束，他让间谍去问匈奴使节：魏王这个人怎么样？这名使节回答说："魏王风采非常。但站立一旁的捉刀人乃真英雄。"曹操一听，被人一眼识破，顿时恼羞成怒，要去追杀那个使节。最后有没有追杀成功史书没有记载，不得而知，但曹操的多疑可见一斑。

曹操性情暴戾，杀人如麻，他的多疑也让他错杀了不少人，故而晚上睡觉都不敢闭眼睛。曹操想睡觉，可又担心睡着了被人谋害。他又想出了一个点子。

他对身边的侍卫说："我睡觉的时候你们可不要妄自靠近，只要有人靠近我，我就有感觉，就会杀人，杀了人我自己是不知道的，所以你们要特别小心。"到了晚上，他佯装睡着，故意把被子踹掉。一名侍卫轻轻过去给他盖上被子，他猛地抽出床头的剑把侍卫杀了。从此，左右侍卫都不敢靠近他，与他保持一定距离。曹操可以闭上眼睛安然入睡了。

走出运兵道，道口石碑上硕大的"衮雪"二字苍劲有力，那是曹操留下的唯一手书。除了它，曹操留给后人的还有数不尽的毁誉评说。毁者把他说成白脸奸臣、玩弄权术、凶狠残暴的极端利己者；誉者视他为一代枭雄，杰出的军事家、政治家、文学家。毁也罢，誉也罢，作为一国之君，百姓记住的还是给他们带来多少福祉，能否给他们一个稳定、宽松、自由的生活环境，让他们安居乐业。余以为，这是衡量一国之君功过的标准之一。

不管怎么说，曹操的凶悍桀黠无人能及。

暗恋·爱情·婚姻

　　有人说"爱情与婚姻总是背道而驰"，这话也许过于绝对，但它说明爱情与婚姻是两回事，二者有所区别。暗恋是爱情的姊妹，比起两情相悦、两厢情愿、有情人终成眷属，她更像水中月镜中花，透着朦胧，隔着距离，让人猜不透摸不着，令人遐想，让人神往，也因此更加美好。

　　可以说，人类的爱情，只要不是父母之命媒妁之言，凡自由恋爱，大抵都由暗恋开始，心生情愫便开始了暗恋，由暗恋而爱慕，由爱慕而追求，这就结束了暗恋。假如羞于表白或不便表白，止于追求，暗恋还可以继续，如金岳霖爱慕林徽因，其暗恋直至海枯石烂地老天荒。

　　暗恋又分两种，一种是深藏于心无人知晓的独自暗恋，对方并不知情，像咀嚼一枚橄榄，个中滋味只有自己知道。暗恋的对象总是隔着距离，有时空的距离，有心灵的距离，距离产生美，暗恋者可以把爱恋的对象想象得十分完美，因为没有得到的总是美好的。在眼前的，认为她／他超过身边所有人；不在眼前的，可以通过遐想、联想，把自己认为一切好的事物，无论是物质的还是精神的，统统加诸其身，美得让自己都心花怒放，其实她／他早已不是当年的那个爱恋对象，在暗恋者心里已经美化升华了，成为无与伦比的天使。

还有一种暗恋是没有得到对方，而对方已然知道其恋着自己，彼此都接受了单方或双方时过境迁木已成舟的现实。这种暗恋为半透明状，只隔了一层窗纸，这种隔了一层窗纸的感觉是微妙的，不高兴被其恋的人，可以装作不知道；反之，高兴其爱恋自己的人心里是愉悦的，那种感觉酥软而温馨，所谓"女为悦己者容"（我理解这个"女"当"汝"解更合适）。"容"者当然也不会去捅破这层纸，因为捅破已经没有意义，不如让它就在那里，时不时地看它一眼，留个念想，唤起久沉心底的一份柔情。

两种暗恋虽有所不同，但结果都是一样的，发乎情，止乎礼，也因其没能得到对方而封存了一份永不褪色的美丽回忆。

暗恋一旦修成正果，会发现原来如此，原来不过如此，会有种莫名的失落感，就像《围城》里的方鸿渐，对孙柔嘉由恋而爱而娶，进入婚姻后，慢慢地找不到她的可爱之处了，两人最后反目，再难复合。这并不是说爱情进入婚姻就必定失败，那岂非世界上就没有稳固家庭了，现实中幸福的家庭千千万，举不胜举，只是说一旦进入婚姻，爱恋的对象已然成为自己最亲密的人，亲密到没有间隙，没有丝毫的距离，那层神秘面纱已经揭去，之前的美妙之处尽收眼底，之前不被人所知、不愿示人之处也一览无余。而在爱情里，看见的只有美丽，只是动人，即便有瑕疵，也可以视而不见，因为那瑕疵没有在自己身上，和自己关系不大，不影响自己的生活。爱情与婚姻的区别就在于，爱情可以忽略不计的，在婚姻里必须直面，躲也躲不掉，不管你喜欢不喜欢它都在那儿，都得接受，因为它与家庭生活密切相关，影响彼此的生活。婚姻是理性的、实际的，爱情是浪漫的、理想的，如果抱着理想观念、带着浪漫色彩去面对婚姻，处理婚姻带来的家庭事务那就失去了理性。婚姻需要经营，婚姻可以有浪漫，有激情，但那只是生活的调味品，增加口感，享受味觉，若是调味品太多，甚至取而代之，就失去了婚姻的原味，破坏了婚姻生活的本质。我不说爱情与婚姻背道而驰，但可以说，婚姻是从爱情美丽纯洁的婚纱里走出来的，它褪去了那层云雾般的薄纱，恢复了本来面目。有人说婚姻是爱情的坟墓，其实不然，婚姻不是坟墓，婚姻是一个屋子，一个家，一个生活的地方，一个面对柴米油盐过日子的地方，从爱情步入婚姻，只是步入了生活的本真，就好比听一场美妙的音乐会，音乐是激情的感人的，但它终要散场，散场后要回到家里，明白这点，就找到了爱情与婚姻的真谛。

所以暗恋者如果没有机会捅破那层纸，揭开那层纱将她揽入怀中，不必懊悔，也不必沮丧，就当人生旅途中拾得一枚白璧无瑕的蚕茧，将她珍藏于心。隔着厚厚的蚕丝，你可以幻想她化作蛹，化为蛾，最后变成一只美丽的蝴蝶，翩翩起舞。但是不要期盼她真的变成蝴蝶，因为蝴蝶的生命太短。

真正的爱情是健康的，也是伟大的，有时她由暗恋而生，同时，她又以美好的婚姻作为一个完美的标志。

"刷脸"时代

上班路上在地铁里取了份小报，其中有条新闻吸引了我，题目是"'刷脸'时代个人隐私保护需要多方作为"，内容讲道：刷脸进站、刷脸取款、刷脸支付、刷脸报到……随着人类识别技术的日渐成熟，"刷脸"时代正在到来。

这话我觉得可信。近年来，随着高精尖科技的迅速发展，人类许多幻想都已成为现实，甚至有的成果超出了预期，比如阿尔法狗作为人工智能程序，成为首个击败人类的职业围棋选手；与自然人相仿佛的智能机器人，可以与人正常交流；机器人替代人类完成许多高难度作业早已实现；出门不用带现金，支付、转账一部手机全解决；发达的网络缩小了地球空间，人们俗称地球村，地球另端发生的事，不出一分钟地球这头已全部知晓，并且身临其境般看得一清二楚，即便想去现场也不过以小时计算……21世纪的世界日新月异，人们生活在变革中。过去讲三十年河东，三十年河西，如今说五年河东、五年河西不算夸张，所以相信"刷脸"时代很快就会到来。

我想到的是另一个问题。

我理解"刷脸"应该是"刷"自然脸，天然脸，从娘胎里带出来的那张脸，并且即便是从娘胎里带出来的脸还不能是孩童脸。因为孩童还没长大，身体尚在成长发育中，脸型还没定型。有句俗话"女大十八变"，虽然是说女孩子越长越漂亮，但也说明小孩子要到十八岁成年了，身体、面部骨骼才能定型。所以"刷脸"应该是刷成年人的脸。

可是成年人又带来了问题，整形变容了怎么办？

如今人爱美，不论男女，选择整容的越来越多，有人想以此搏战职场，有人想以此钓得金龟。尤其是在演艺圈，整容成风，演员们想青春永驻，吸引眼球，博得关注，愿星途灿烂。

整形医院的广告词非常自信，"世界上没有什么事是美丽解决不了的"，意思是任何美丽都能"做"到。

"做"到美丽当然是整容。如今整容术越来越高端，医生技艺越来越熟练。比如面部整形就有削颧骨、隆鼻子、垫下巴，还有磨下颌角（下颌角成形术），将突出的腮帮子磨去，方脸变成瓜子脸、锥子脸。至于单眼皮变双眼皮，更是轻而易举。

整形的人经过痛苦煎熬、焦炙考验后，如凤凰涅槃脱胎换骨，美得令人目瞪口呆，仿佛从神画中走入凡间，所谓美若天仙，美得像天仙一样，天仙只应天上有。

其实一个人长得好不好看在于五官与脸型的搭配，如果把一副完美无缺的五官放置在一张脸上未必好看。一个天生漂亮的人，单个看其五官并非样样精致，只是五官搭配得当，组合巧妙，恰到好处地附着在了与其相匹配的脸型上。比如一个貌美如花的女孩子，原本长了一双丹凤眼，虽然不是双眼皮，但这双眼睛长在她那张合适的脸上，甚是好看，如果变成双眼皮，眼睛是比以前大了，但五官比例不再协调，眼睛像个外来移民，与原始土著难以融洽，反而不好看了。

讨论美与不美，好看不好看，不是这篇文章的主题。

我在想，进入刷脸时代以后，"刷"的脸是整形以前的脸还是整形以后的脸？如果是整形前的脸，那整形以后能识别吗？如果"刷"的是整形以后的脸，如果这个人对自己的容貌又不满意了，要重新整饬，比如把垫起来的下巴去掉，把眼睛再拉长，把鹰钩鼻改成希腊鼻，怎么办？会不会引起识别混乱、程序出错、系统瘫痪？如果此人在银行办理业务，或柜台、或 ATM，会不会被人误以为盗用他人身份骗取钱财而被送进大牢？

记得莎士比亚借哈姆雷特之口说过一句他讨厌的话：上帝给了你一张脸，你又给自己另造一张（Godhasgivenyouoneface, butyoumakeyouanother）。在这里，莎翁所指另造脸还只是化过妆的脸，已经不能忍受，他不知道在他身后数百年真出现了 makeface，真不知莎翁看到这种情形会作何感想，他又会说出什么名言来。

其实，莎翁说什么无关紧要，关键是苦了那些研究人员。我在想，人类研发的芯片还能管用吗？能跟得上变形术吗？是否还要加点外星人的智慧进去，方能驾驭这种变数。

呵呵，也许是我多操心了。

戴口罩

如今戴口罩的人越来越多。

口罩最早出现在宗教活动中。公元前 6 世纪，古代波斯人在祭祀时，认为俗人的气息不洁，就用一种"类口罩物"把脸包起来。这是人类口罩的最早雏形。

这种"类口罩物"在我国也很早出现，主要用于食品卫生。据马可·波罗记载："在元朝宫殿里，献食的人，皆用绢布蒙口鼻，俾其气息，不触饮食之物。"就这样，中国人的"口罩"经马可·波罗的手记传到了欧洲。

欧洲的医生最先用口罩也并不是作为医用阻隔空气中的细菌感染，那个时候的科学家还没有发现空气中有细菌存在。

早年的欧洲，医疗产业被巫师把持，真正的医生没有地位。瘟疫发生时，医生四处奔走救治病人控制疫情。巫师们觉得医生抢了他们的饭碗，就对医生百般阻挠和打击。医生们只好用纱布遮住面部，以躲避巫师的侵犯。

到后来，科学家发现空气中有细菌存在并且还会传播。再后来又发现，医生在手术时会把自己口鼻腔中的细菌传染给患者，引起伤口感染。从此，医用口罩开始在欧洲医学界应用，进而推广到世界各地。

如今口罩已广泛应用，医院、食品、卫生、避寒御风、防止污染，等等，多种行业个体群体都在使用。并且随着时代的发展和演变，口罩又多了一项功能，那就是伪装。戴口罩的目的是让人认不出来。

让人认不出来一般有两种情况。

一是作案。犯罪分子戴口罩是为了在作案时一旦被人发现，别人不容易认出来。认不出来便无从指证，无从指证便利于逃脱，给警察抓捕增添了难度。当然在特殊年代，特殊身份干特殊工作，戴口罩同样起到了掩护作用。

倘若在夜间，在一个夜深人静的偏僻小巷里，突然出现一个戴口罩的人朝你走来，你一定会紧张起来，心脏"扑通扑通"直跳，不知道是不是遇见了坏人。所以戴口罩能让人感到安全，也能让人感到不安全。

还有一种人，在风和日丽阳光灿烂的大白天，走在大街上也戴口罩。这类人一般是明星，影视明星，为了不被人认出来，掩人耳目，他们戴口罩。

明星们的面孔为大众所熟悉，戴上口罩别人认不出来，可以避免粉丝追随，躲过娱记或狗仔队的拍照。可是这些戴口罩的明星还是被人拍到，或机场或车站，或商场或餐馆，或路边街头，他们拍片之余的生活片段，时不时地见诸小报见诸网络。

这些拍照者仿佛个个火眼金睛，只要明星们一现身便能拍到。起初我好佩服这些人的眼力，怎么戴上口罩戴上墨镜都能认出来。后来渐渐发现，其实不需要多高的眼力，只要是在大白天，一个正常的天气，见到戴口罩、戴墨镜，穿着时髦，把自己裹得严严实实的一准是明星，哪怕没认出来都没关系，拍下来放到网上一晒，就会有人指认那是哪个明星。

这么一来我发现，口罩在明星们的助推下又有了一层新的含义，与原先戴口罩为了掩饰正好相反，那就是昭示。以戴口罩来昭示众人"我是明星"，欲盖弥彰，大有此地无银三百两之意，所以明星们能被拍到，很大程度上是因为戴了口罩。

有了这层新意，一些二三流、三四线尚未成名的演员，或者一些被人淡忘的演员，都可以戴上口罩装扮一番，走到大街上让人拍照。因为这类演员如果素面朝天地走在街上，不会被人认出来，不戴口罩不会有人跟踪拍照。他们就想被人认出来，被人认出来是好事，等于上了一回镜头，给人加深印象。就是被人认错了也是幸事，有人纠错，有人指正，好比一部有争议的作品，越有争论，争论得越激烈，人们印象越深，作品越畅销。所以要想让人拍照，想要被人记住，就戴上大口罩。

假如谁想冒充明星，让人拍照晒到网上，不妨效仿此招，把自己打扮得摩登一点，戴上大口罩，戴上大墨镜，再戴上一顶棒球帽，走到大街上，身子微微向前倾，眼睛朝地看，大步流星地朝前走，给人一种躲闪的感觉。这个时候你就把别人的目光吸引住了，就会有人给你拍照，你就躲在口罩后面偷着乐吧。

女司机

随着私家车的普及，女司机已相当普遍，她们穿大街过小巷，上高速下隧道，轻踩油门，兰指操盘，那般潇洒，那般飘逸。大道形似舞台，她们奔驰于其中，扮演各种角色，有喜剧，有闹剧，有的令人啼笑皆非。

是不是女司机，可以从汽车外观上辨认出来，比如车型较小，色彩鲜亮，车款较时尚。女司机爱美，通常会对汽车内外进行装饰，比如在车身上印点花色，贴点小饰物，在车窗上写几句"别吻我""别和我亲热"之类的话。车内更是琳琅满目，挂的、摆的、靠的、垫的，大大小小，形状各异，五颜六色，恨不能把饰品店搬进车里，处处彰显女性特色。她们像打扮自己一样装扮汽车，汽车就是颜面就是体型，汽车是她们的形象。这样的汽车一看便知是女司机，还隐喻着专属女司机一人。男人重实际，不喜欢车里脂粉气太重，也觉得饰物太多碍事，影响安全，所以有男司机的汽车看上去至少会中性一点。

除了外观，从驾车的风格上也能看出驾驶员的性别。

比如新手女司机看见车多时容易紧张，唯恐自己跟不上车流被人急催鸣喇叭，或者后面的人嫌慢突然来个超车，再玩下车技，就那么一道缝隙的间距擦车而过，吓出一身冷汗来。所以女司机总想把道让出来让后边的车先走，看见有机会立刻变道，又因为紧张变道的速度太快，没有过渡，顾了变道忘了打灯，等到反应过来再补个灯，其时已经完成变道，灯光还一闪一闪的，结果后面的人以为她要变道，静观其变，她却自行其道一点没有再变的意思，后面的人等不及了，超到前面一看，是个女司机，无语，走了。这是遇到性子好的司机，如果碰见一个脾气不好缺乏涵养的司机，动作这么急速还不打灯，人家也会吓一跳，还以为是有意"别"他的车，对着窗口大骂"你嘛滴！"有的还会再"别"过去，女司机顿时魂飞魄散。这是急性子的女司机。

慢性子则全然不同。慢悠悠地开着车，心想着什么急啊，慢慢开呗，这么多车快也快不到哪儿去，你要急你先走，任凭后边喇叭声不断也不管，我行我素，充耳不闻，就是霸道的公交车也拿这类女司机没办法。公交车起步后通常会挤入边上的车道，大概觉得那边宽敞，一般人就顺势把车开向一边把道让出来给公交车，虽然气愤但也无奈。慢性子女司机可不管，把车停下了，公交车你行，你牛，你占我道把我挤到一边我不跟你计较，你狠你走呗。这边公交车因为车身太长对方没把道让出来还是过不去，车停在那儿堵住了，强行过去势必擦到她的车，他从后视镜里一看，是个女的，只好一脚刹车让她先走。女司机走了，看着她从容不迫的背影，公交车司机只好当了阿Q一声叹息："你嘛滴，女司机！"

相信大多数女性都有一个特点，不辨方向，分不清东西南北，只知道前后左右，这在导航没有普及的时候让女司机们伤透了脑筋，一踩油门，找不着北了。只能死记路段，牢记地标，装在脑子里的是第三个路口向右拐，前面第二个红绿灯往左走。现在有了导航特别是手机能导航了，把女司机们从蜘蛛网似的道路交通中解救了出来。但是一旦离开导航，比如忘带手机了，手机出故障了，没流量了，或者信号不好，或者没想到开启导航，就会闹出笑话来。

一天中午我和女友外出，女友驾车，我们去的地方要经过北京西路。出门不远来到一个十字路口，只要直行穿过两个红绿灯，就到了北京西路。结果女友没有穿过十字路，而是朝右转了，我以为她选择了另条道去北京西路。不久她又左转上了一条道，然后再右转、再直行、再……我感觉离北京西路越来越远了，于是问她："这是去哪儿？"她平静地说："先到我家，到了我家那边就知道北京西路怎么走了……"

我当时就笑了，深刻理解地笑了，因为我的方向感一点不比她强。记得有一次先生出差了我开车送儿子去学校。那天半夜就开始下雨了，老天像是忘了关闸，暴雨狂泻，天色阴沉。

要出门了，感觉夜幕还没拉开，滂沱的大雨造成下水道排泄不畅，一些路段积水了。儿子让我走另条道，这条道我不熟悉，他坐在后排指挥我往哪儿走。儿子知道他妈没方向感，一路告诉我回去怎么走，过几个路口才能到我单位，叮嘱我注意看路牌，看见哪个路牌就转弯。我不住地点头，牢记他的话。可是返程路上由于天色太暗，加上狂风作虐，高大的梧桐树被大风吹得摇摆不定遮住了路牌，我一门心思记得看那个路牌再转弯，过了几个路口也没见到那个路牌，车越开越远，我感觉走错了，顿时紧张起来，放慢了车速，左顾右盼。也不知发生了什么情况，出了什么事，只见一个男人停下车，从车里冲了出来，淋立于狂风暴雨中，一手指着我的车怒吼，隔了紧闭的玻璃窗我只能听见他吼，听不清他吼什么，但我感觉到他的怒火。我目不斜视地注视前方，假装没听见，其实是不敢看他，我担心只要看他一眼，他便会冲上车来，我的车门好像还没锁，我感觉自己在出汗……现在想起来都觉得又可笑又可怕。

如今开车的女司机越来越多，其中一个原因是有些男人不开车。他们不愿开车，不想开车，对买车没意见，要他学车不干，要学你学，要开你开，反正我是不开，对开车提不起兴致，结果家里只有女司机。还有些男人对开车没积极性，主观上不努力，即使报了名去驾校也是三天打鱼两天晒网，一年半载学不出来。或者学出来了也不想开，时间长了又生疏了，生疏了又不敢开了，不敢开也就不开了，学车就像淋了场雨，雨停了身上又干了，干了就像没淋过雨一样，反正家里有现成的司机，心理上有依赖，女司机只好自己开了。

这些不会开车的男人通常坐在副驾座上，他们并不闲着，虽然不会开车但要充当教练，对身边的女司机指指点点："你应该走左道不应该走这边"，"你怎么不打方向灯啊"，"你要早点停车，前面白线都看不见了算闯红灯的"，"刚才我这边差点就擦到那辆车了"，"按喇叭按喇叭、快刹车快刹车"……一路喋喋不休，又是埋怨又是责怪，再好脾气的女司机也要叫起来了，于是争吵不休。坐在副驾座上与驾驶员的视角是不同的，总感觉汽车没走在路当中，有种与其他车擦身而撞的错觉，有的人因为害怕还会直接动手，把方向盘朝另边推，女司机惊得跳起来……

所以女司机开车不容易，有客观条件所限，比如天生不辨方向；有现实形势所迫，比如家里没男司机，只好赶鸭子上架。当然女司机也有另类，就像人有左撇子一样，左撇子不比常人右手差，她们的车技不亚于男性，甚至比男司机更有优势，多了一份女性特有的敏感和稳重，这类"左撇子"女司机不在本文所述之列。

笔者在此恭请各位男士，对女司机多一分理解少一分埋怨，多一分谦让少一分责难，只当她们是绿化隔离带，茫茫路海中的一道风景，抱着冷眼欣赏的态度，做个有风度的绅士吧。

2016 年 5 月 28 日于南京

上班路上

2016 年年底，我从城里搬到了城外，上班远了，原先一公里以内，每天步行十来分钟就到单位，现在是二十多公里，仿佛是地球到太空的距离。良人让我开车上班。可我是个"女司机"，那种让男士们无语、嘲笑的"女司机"，开车对我来说也省不了多少时间，我选择了公共交通。自己不开车没有堵车的烦恼，没有遇到无良驾驶的胆战心惊，换来的是环保、经济、轻松、愉快。

我先乘公交车再转地铁。我坐了一年地铁，已经能精准地摸到自己候车的位置，该上哪节车厢，哪扇门正对着电梯或台阶，这样能在地铁停靠站台时，以最短的距离、最快的速度进到出入口。找到捷径，通常能争取到几秒甚至十几秒时间，要知道，几秒钟足够赶上一趟地铁，反之则耽误一班车了。尽管工作人员扯着嗓子喊："请往中间走不要站在路边口"，我还是坚定不移地站在自己的立场上，看着身边那么多人和我并肩站斗，我更加坚定了自己的信念。这些人都是久经沙场的铁道战士，深知距离就是时间，时间就是效率，效率就是不迟到。

人挤人地上了地铁，我脑海里浮现出曾经看到过的一则电视新闻。那是北京地铁站内，也是高峰时段，车厢内外挤满了人，有人想出来有人想进去，都在拼命地往里挤、往外涌，两边同时发力。电视镜头是朝下俯拍的，只见一个光秃脑袋的人，我感觉镜头有意捕捉他，因为在一群黑发金发灰发中，光溜溜的脑袋显得特别有亮点，拍摄效果最佳。光脑袋在拥挤的人群里被卷进了车厢又旋转了出来，旋转了出来又卷进了车厢，就这样卷进去、转出来，转出来、卷进去，搞不清楚他是要进地铁还是要出地铁。我当时就像看一出喜剧一样哈哈大笑，不能想象还有这种场景。真是世事难料，没想到如今的我也成了这其中的一个角色，并不比那位光脑袋好多少。

记得有一天我最后一个挤上车，人上去了后面的双肩包被夹在了门外，门触到障碍物"唰"一下开了，就在这一瞬间，我右手边上一位美女一下把我的包提了起来，提到了我的肩膀以上，门关上了，地铁启动了。我激动地冲她点头，她笑笑。我再看她，也被挤得变形了，只有那只帮我提包的手臂还能活动。时间长了我悟出一个道理，我们这些乘坐地铁的人就像一个战道里的战友，每天冲锋陷阵，转战南北，彼此虽不相识，但却相互理解，相互帮助，有种无以言状的默契。

每当这时我的情绪就处于亢奋状态，斗志昂扬，这是之前住在城里，每天步行到单位所没有的一种全新感觉，看到有这么多人和我一样挤地铁，有这么多背着沉重书包的孩子和我一道披星戴月地回家，我突然觉得自己接地气了，像大地一样伟大了起来。

站在拥挤不堪只有立足之地的地铁里，绝不会寂寞，我可以观察身边的人，观察也是一种享受，我每天享受生活赐予我的这种体验。

我曾经在一篇文章里说过，地铁里人多的时候，人挨着人能数得清对方有几根睫毛。这话一点不夸张，尽管我是个半盲，"远不见舆薪"，但"近可明察秋毫"。我夹在人群当中，身体不能动弹，眼睛却可以飞扬跋扈，一会儿翻到人头上、肩上，一会儿落到人脖子上、手上。我可以欣赏女士脖子上项链的细小花纹，看清钻石大概有多少个切割面，男士双肩包的针脚是否齐整、有无线头。有时候我的眼睛就停留在两只半裸的肉嘟嘟的胸脯上。窃想，假如我是个男士这么盯着看，不知其主人会作何反应，怒耶？喜耶？但不管怎么说，露出来就是让人看的，不然露出来干吗呢，这个时候如果骂人那是不对的，至少是她不道德在先，露出来勾引别人，还不让人看。

车厢过道上直立着一根根扶手，上面扶了无数双手，看着就像一只只扳手，活动扳手。扳手就在我眼前，有的纤如削葱，有的肤若凝脂，有的青筋暴露，有的皱如树皮，岁月之痕迹一目了然。一位美容师曾经说过，人体有三处最能昭示年龄，藏掖不住，一是眼睛，人老珠黄；二是脖子，脖坠似槽；三是双手，手如枯槁。漂亮的扳手常常令我遐想其主人的容貌，可是通常失望，扳手还是扳手，螺丝还是螺丝。

地铁车厢就像一个舞台，可以看见各种表演，演员就是乘客，都是本色出镜，无须编剧无须导演，演的就是自己。

我曾见到过一对祖孙，或是母子？现在的人不好说，看上去像祖孙，人家其实是父子，看着像父女的两个人，人家是情人，所以不清楚不敢乱讲，我姑且称那位母亲为女人，那孩子看他的机灵样儿该有五六岁，可他的身形看上去只有三四岁。女人体态丰腴，侧着身子坐着，半边臀部压在座位上，她的右侧是那个男孩，一个熊孩子，坐在地上的一个物件上。女人手里拿着一瓶纯净水，水瓶从上到下被一层塑料外皮包裹得严严实实，只露出瓶口小半圈盖子。也许是想喝水，她要撕下那层塑料皮才能打开盖子。她在瓶口用手指剥，用指头扒，就是揭不下来。这时候那个熊孩子一把夺过水瓶，放到嘴边就咬，起初用门牙，打滑，不管用，再把瓶子斜过来，像啃甘蔗一样用虎牙咬，他咬下了一小片塑料皮，取得了突破。可到底是孩子，力气小，每次只能咬下小小一片。女人急了，一把拿过水瓶，在破口处再用手指去撕，塑料皮紧紧地贴住瓶身，她撕不下来。熊孩子见状，又一把抢过去继续咬，又咬下一小片，他一边用劲咬，一边用眼睛瞄了女人一眼，像是在说："你看，还是我行吧。"他咬下一小片又一小片。女人见状，再夺了过来，学着孩子的样咬瓶子，她一口一大片，一口一大片，并且和孩子一样咬了就往地上吐。孩子一直盯住她，目不转睛地看着她咬牙切齿。女人终于可以用手撕开塑料外层了，最后一片塑料皮终于剥落。两人经过一番你争我夺的撕咬可以喝水了。可是女人并没有打开瓶盖，而是拿着水瓶在手里转着把玩。那熊孩子也没有想喝水的样子，瞪大眼睛看着女人手里的水瓶，眼珠子跟着瓶子转。难道他俩拼命地绝不善罢甘休地要揭掉那层外皮就是为了要揭掉它而已？我强忍住自己不笑出声来，尽管我不满这个女人，不但不教育孩子，自己还跟着一起制造一地垃圾，但他俩表演的这出哑剧还是让我心花怒放。

还有一次地铁停靠站台时，上来一对老人，看上去有七八十岁，老两口一上来两个年轻人起身让了座。每每看见这种情形我就感动，感觉社会风气不错。年轻人很自然地让了座，融入那天车厢里安静的氛围里。大家默不作声地看手机，看报纸，或者什么也不看，闭目养神，没有人说话。两位老人入座后，老先生摸索出一张报纸，觑着眼睛，一字一句地念："香蕉没有解除便秘的功能……"他的声音在车厢里回荡，我转过身使劲用手捂住嘴，老人已经入境到生命真谛里去了，旁若无人。

车厢里表演的也不只有喜剧，人生舞台本来就是有喜有忧。

一次在地铁里看见一位中年男士，约莫四十多岁，一个人在独自饮泣。他个子不高，一只手握住悬吊的把手，一只手不时地揩眼泪，一直低着头自言自语。起初我以为他在打电话，可是余光里看见他没拿手机，也没戴耳麦。我想他一定遇到了伤心事，受了很大委屈，不然一个大男人怎么会在大庭广众之下掉眼泪。他不停地絮叨，像是在为自己辩白。他能为自己辩解说明还是理性的，理性的人通常能冷静思考，思考过后总能迈过这道坎。

　　人生没有迈不过的坎。

顺风车

顺风车，顾名思义，就是司机自己需要用车的时候顺道载客，把客人送达目的地。所以顺风车都是私家车，有别于专业运营的出租车。

顺风车首先是便捷，乘客可以在手机上预约，只要输入时间、地点，然后发布出去，顺路的司机接单后，便会按照约定地点来接客人，然后再把客人送达目的地，相当于专车，比公共交通省时。其次是环保，与人共用一辆车，自己的车不开，减少了汽车排放、噪声污染，还节约了能源。再次是经济实惠，因为是顺道，司机本来就要用车，没客人他也要开车，所以价格比出租车优惠，而顺风车司机顺道接送客人可以贴补一点油资。可谓两全其美，各得其所。

自从搬到城外居住以后，上班路程远了，遇上出差我就打顺风车，不必拖着行李转几趟车。

我起初对顺风车的安全性颇有疑虑，良人的一番话改变了我的看法。他说顺风车都是实名认证，驾驶员的身份证、驾驶证，还有车型、牌照等都清清楚楚，上车前看好是否本人驾驶，汽车与注册的信息是否相符，基本就可放心。另外还可以查看平台对司机的评价。比如良人用他的手机第一次为我订顺风车，他帮我选择了一位司机，这位司机的评价很高，他得到五颗星，信任值90分，平台评价他"信任值极高"。他开一辆本田凌派红色小轿车，到目前为止，出行403次。上面有不少乘客对他的评价："非常有礼貌"97人，"行驶平稳"46人，"神准时"44人，"车内整洁"28人，还有"格调绅士""好人""文艺青年"等，也有乘客没写评价。这些是平台设置好的固定评语，乘客还可以自己另写，有人写他"非常准时"，这点很重要，我认为一个守时的人素质应该不低。我放心地打了他的车，果然与他的评价名副其实。

打了几次顺风车，我发现还可以认识朋友，结识一些隔行隔山、平时难以接触到的人。这些司机职业不同，性格不同，有人健谈，有人腼腆，有人稳重，有人活跃，还有人沉默寡言。

我印象深刻的有一位摩托车发烧友，是个80后，长得壮壮实实，丰润的面庞透着喜气。我一上车他就问我："没让你等好久吧？"我说："没有，是我提前到了，你很准时。"他咧开嘴笑了。然后他说这个时间出行很好，路上不会堵车。然后他问我是去哪儿出差——他接了我的单后我们信息沟通过，我谢谢他来接我，并希望他准时，因为我要出差不能迟到。我们一路聊了起来。我知道了他酷爱摩托车，他说是南京城第一批玩 motorcycle 的人。他当时只有二十来岁，年轻，有股子初生牛犊天不怕的劲儿，在马路上风驰电掣勇往直前，誓与所有车辆比速度。可是有一次，他正在路上飞奔时，突然从右边一个岔路口开出一辆大卡车来，他说当时已经看见了，紧急刹车，可是由于车速太快，惯性太大太猛，车停不下来，一头撞上去了，当时就不省人事。当他醒过来时，已是手术多少天以后，整个人都包裹起来了，只露出一双眼睛，身上多处骨折、骨碎，还有出血。医生说："你能醒过来是老天保佑，如果那辆大卡车不是刚刚启动还没加大油门，你今天就不是躺在病床上了，躺在哪里我就不说了。"他讲完了故事，笑嘻嘻地对我说："你看我现在开车是不是很稳啊？"我笑着说："你开得很好。"他说："开车其实不是什么技术活儿，就是一个习惯问题，必须习惯好。"我笑了，这是生命换来的体会。他见我笑，也憨憨地笑了。

还有一次打车遇到一个大帅哥。看手机上的头像，我开始还怀疑他是套用了韩国哪个明星的照片，脸型、五官都很标致，难道是那个明星的粉丝？上车后才发现真是他本人，颇有明星范儿，我想那些韩星们见了要嫉妒死了，他们的好看是打造出来的，改装过的，相信这位帅哥一定是原生态，纯天然制品。帅哥和他人长得一样讨喜，热情洋溢，特意下车帮我把行李放入后备箱。我习惯性地坐到副驾驶座位上。他看着我说："我来猜猜你是干什么的？什么职业？"没等我回答，他大概觉得这么问有点唐突，急忙作自我介绍，说他是做软件销售的，然后谈到了他们公司，谈到他的工作。他说他们公司的服务对象主要是政府机关和企业，但目前这块不太好做，市场竞争太激烈。我说我们单位也有这类长期合作的公司。我们聊得很开心，不像是第一次见面。他说他要辞职了，准备和朋友一起开家美食店，做花蛤。他说南京的小姑娘特别爱吃，喜欢上美团，在网上点，目前正在装修门面，准备年底开业。就在他谈兴正浓兴致勃勃地憧憬美好未来的时候，我要下车了。我衷心祝他创业成功生意兴隆！他很高兴，在我拉着行李箱离开时，突然在车内喊："姐，留个手机号吧。"我把手机号报给了他。我很欣赏这位帅哥乐观进取的精神，他带给了我美的享受，从内在到外貌。

我还坐过一个人的车，他是某中式快餐店南京区域的经理。他的工作就是每天到各家连锁店去巡察，查质量，看卫生，品菜肴，观客流，他一天三餐，走到哪家店就在哪家店里解决。公司如果有事召唤就去公司。这家快餐店我去过两次，每到饭点都是顾客盈门。自从中式快餐店开业以后，对麦当劳和肯德基影响很大。而且这种快餐店都是家常便饭，真正的百姓消费，坐在里边真有吃到"家里饭"的感觉。我们一路聊他的工作，看得出来，这位年轻的经理很热爱自己的职业，谈吐间充满自信。

有时候也会遇到比较沉默的司机，听着音乐，专心驾驶。我不会打破这种沉寂，进入他营造的这种氛围，听着他喜欢的音乐，直到下车。

顺风车还可以拼车，就是与其他客人一起乘坐一辆车。拼车价格更优惠，司机的收入也相应增加，这也是倡导环保的一种设计。拼车是双方自愿，有乘客愿意拼车，有乘客选择不拼车。司机也可以选择不拼车，毕竟是顺风车，司机若是觉得太绕道费时间，也不会愿意拼车。总之一切都是双向选择，公平合理。

我打了不下十次顺风车，非常巧，司机都是清一色80后男士。他们都有自己的小家庭，为人父为人夫，上有老下有小，要买房要还贷，要为孩子挣奶粉、挣学费，有的还要养老婆，尝饮生活之不易。但他们个个精神抖擞，积极向上，努力工作，努力生活，努力挣钱，他们相信生活会越来越好。

另外我觉得，顺风车的信用评价体系做得很好，乘客与司机可以互相评价。比如看见司机的信任值不高，评价说他有一些驾车坏毛病，比如开快车、单手开车、抽烟、打电话、变道不打灯，等等，看见这样的评价乘客就不会选择他。乘客也一样，如果是个不良乘客，比如没能满足其特殊要求，就故意给司机差评。遇到恶意差评者可以投诉。后台工作人员调查后，会给这个恶意差评者降级降分，并且说明理由。试想，看到这样的乘客谁还愿意载他？

我忐忑地查看了一下司机给我的评价。我用自己的手机打了八次顺风车，有 7 人给了评价。其中"神仙姐姐" 3 人，"惊艳" 1 人——感觉好夸张啊，或许是一时不知如何表达，信手点的，所以我也为他的评价感到"惊艳"。"大家闺秀" 1 人，"一见如故" 1 人，"才华横溢" 1 人——这让我感到很惭愧，我无才无华，更遑谈"横溢"。但我欣赏、敬佩有才华的人。刘晓庆说过一句话，唯一能扛得住岁月摧残的是才华。这话我赞同。

这种评价体系设计得非常科学。私忖，如果各行各业都能建立起这样的评价体系，大家诚实、守信、友好、互助，生活会变得和谐、美好。

戏说穿衣

如今国人穿衣已经非常时尚了，与国际接轨，与世界同步，T型台上流行什么身边就有人穿上了。走在大街上难得看见撞衫的，母子衫、情侣衫除外，那是有意相撞，就是要昭示别人彼此之间的亲密关系。撞衫的反而是明星，影视女明星。

女明星们追求高档，追求品牌，高档体现身价，品牌显示实力，经济实力和星途实力。眼睛紧盯国际一流服装设计师。可是这类设计师十分有限，想想有多少人能登上珠穆朗玛峰，就知道有多少这样的设计大师。人员有限作品有限，他们设计的服装全球明星盯着穿，出现撞衫是必然的。

没有哪个明星愿意与别人撞衫，一来相形见绌，本来自我感觉良好的一件衣服，别人一穿就把自己给比下去了，当然扫兴，并且是花重金买来的扫兴；二来显得小气，好像跟别人抢似的，这和菜场里的老太同时看上一棵大白菜不肯放手没什么两样。所以设计大师也够抠的，为什么要不能一款一件呢，以他们的实力不缺面包呀，还是应验了鲁迅说的那句话：愈有钱愈小气，愈小气愈有钱。

其实走在大街上看女人的服装比T型台上的时装秀丰富多了，也更有趣。一台时装秀只是展示一位或者几位设计师的作品，看到的服装有限，风格有限。而在大街小道个广阔无边的平台上，可以看见数不清的无名设计师的作品，看见高矮胖瘦各种体形（T型台上的形体太单一了）穿着各种款式、各种风格的服装。

我在街上看见过一位女士的穿着，让我印象深刻。

那是在下班回家的路上，她走在我前面，我看见她的背影，约莫四十岁左右，个子不矮，体幅宽大。穿了一条连衣裙，那种宽松式上下一般齐没有收腰的连衣裙，身后印了两盘巨大的葵花，上半身一盘，下半身一盘，透明薄纱面料，以防春光外泄，她下面穿了一条黑色打底裙。我走在她身后，看见她厚实的肉背上长出一朵葵花，黑黑的臀部顶出一朵葵花，两盘巨大的葵花随着她步履轻摇，像要摇落一路葵花籽儿。

这位女士的穿着独有个性，不与人同，至于好看与否，本来就没有标准。所以这位女士的穿着至少达到了两个效果：一是与众不同，二是自我感觉良好。还有第三点，透着凉快。

现在的人再也不会追着同一件衣服穿，都想标新立异，彰显个性，避免与我相仿佛，与我相雷同。设计师们也是绞尽脑汁，在女人的服装上苦心经营，总想别出心裁，寻求突破。

有天晚上和良人出去散步，回家的路上顺便去超市转转。因为是周末，超市里人不少，哪个区域都是人。在二楼日用品区，离我们不远处，一个年轻女子，大约三十来岁，推着购物车正在选购商品。她身材苗条，穿了件修身连衣裙，身体曲线凹凸有致，甚是好看。可是当她转过身把手里的东西放进购物车里时，发现她一边腰上的拉链开了，斜斜的一道长长的拉链，从前片拉到了后片，一侧腰裸露在外。良人先看见，轻轻把我拉到一边，示意我看那女子，低声说："你过去告诉她一声，拉链开了。"我看了一眼，有点怀疑地说："人家就是那种款式吧。"他不太信："你还是过去提醒一下。"我过去告诉女子衣服拉链开了。女子笑笑说："就是这样的，谢谢啊！"我当时真是窘极了，埋怨他不该让我多管闲事。他说："我哪知道还有这样的设计呀。"我说人家这叫性感。

21世纪的服装设计师有一个特点，就是突出女人的性感。

何为性感？我以为就是肉感。那些坦胸露乳，穿上紧身衣，把肉绷出来、勒出来、挤出来的都叫性感，那不就是肉感嘛。因为肉字不好听，太低级，猪肉牛肉羊肉都是肉，人类总要区别于它们，于是换一个与高级动物相匹配的词，就叫性感。男人的性感容易表现，上身赤裸，下面一条小内裤掩盖下体，当然小内裤要把身体裹紧，显出遮蔽物之轮廓，性感便大放异彩，无须费多少脑筋。

女人则不同。女人因身体的特殊性，关键点太多，颇费周折。既要性感，又不能完全暴露，既要遮掩，又不能一味封闭，要若隐若现，要琵琶遮面，要令人遐想，要欲纵故擒。设计师们为此费尽心思，他们大胆构想，步步求索。

先是露背。这没问题，男人女人背部都一样。可是露背也不能没有讲究，大开天窗很简单，但失去了美感，没有美感和男人有何区别？所以女人的背部即使露也要有设计，设计成各种形状，比如各种几何形、水果形、流线形、镂空形，等等。

背部再没有发挥余地了。设计师们没有就此故步自封，而是勇于创新，开拓进取，进一步解放思想，把目光投向了前面。

起初是开胸挖沟，隐山露水。一段时间之后，感觉芳菲世界，游人未赏，不如来个芙蓉出水，二分明月。女人们并没有为此遮遮掩掩，月影含羞，如此这般大有隔岸看花之恨。于是干脆一任梅花作雪飞，敞胸露怀，白雪凝琼，只要坚持两个基本点不暴露，八仙过海各显神通。

有人由肩而下设计两道经线翻山越岭；有人环绕一圈纬线从前到后护堤围坝；有人在胸前披上一撇遮蔽两点；有人在胸前挂上一捺两点一线；有人干脆来个一撇一捺，在女人的世界交叉一个大大的 X，闲人免入。设计师们使出浑身解数，深挖肉广泛露，露背露胸露脐露腰，露两个基本点外以一切可以露的地方。

女人的上半身再也找不到灵感了，于是将思路转向下半身。

先是露踝，再露膝，进而露腿，再由露腿而露臀。裙子越穿越短，越穿越紧。面料由朦胧的薄纱到细细的渔网，再由细细的渔网到微透、半透、全透，直至登峰造极——让女人披挂上阵，女人身上挂满丝丝布条，随风飘荡，迎风招展……

古人云：上为衣下为裳，不可颠倒衣裳。今天的设计师们不仅颠倒衣裳，且颠覆了衣裳。

这让我想起两千多年前以坐怀不乱名垂千古的鲁人柳下惠。据说有一次他出远门住在城外，当时正值隆冬季节，天寒地冻。到了夜里，忽然有一个年轻女子前来投宿，她衣裳单薄，冻得瑟瑟发抖，柳下惠将其揽入怀中，用自己的身体为她取暖。直到第二天，鸡叫天明也没有发生越礼之事，从此柳下惠坐怀不乱的美名世代流传。

私忖，如果柳下惠活在当下，看着赤条条披挂上阵的女子还能坐怀不乱吗？其冰心玉洁之手还能保持无咸味吗？这就不得而知了。

削皮柿子

曾几何时吃过一次削皮柿子，便再也忘不掉再也找不到了。那种硬硬的削了皮就能吃的柿子，吃到口里凉凉的，又清又脆，甜而不腻，还带一点西瓜熟透了的那种细沙，口感好极了。不似那种熟透了黏糊糊湿漉漉的柿子，吃过后满嘴满手像涂了一层浆糊，必须彻底清洗不可。吃过削皮柿子后才知道，"柿子不必挑软的捏"。

我对削皮柿子的情结感染了良人，他在心里也种下了削皮柿子。从此，他四处寻觅削皮柿子树。

他打听郊县乡镇的赶集时间，等到树苗上市的那个季节，驱车去集上买柿子树。集市上有多种果树苗，当然也有柿子树，什么磨盘柿、橘蜜柿、鸡心柿、牛心柿、火柿……各种都有，人问他要哪种？他说他不要这些普通的柿子树，他要削皮柿子树。卖树苗的人听不懂他的话，都说没听过削皮柿子树。

他不满意这些柿子树，但既然这么大老远赶来，总不能空手回去吧，毕竟家里还没有柿子树。于是不情愿地买了一棵，回家种院子里了。这棵树苗种下后很争气，虽说不是削皮柿子，但这么多年来年年挂果。先开花后结果，从小到大，由青转黄，由黄转红，如灯笼般缀满枝头。红了就软了，软了就熟了，熟了就容易掉地，所以我一般没等到红透就摘下，拿回家过些天熟了再吃，只留几个在树上做点缀。

可是良人觉得他的愿望还是没能实现，他继续寻找削皮柿子。他上淘宝网上找，店家告诉他，他卖的就是削皮柿子。良人没有犹豫地拍下了。可是买回家没种活。他觉得网上不可信，又上人家里去买，他觉得这个人可信，因为我们院里的橘子树、芦柑树都是在他家买的。那人种了满院的果树苗，有的都挂果了，他经营树苗。良人买了一棵种下，种活了，也结果了，但不是他想要的削皮柿子。

这么多年来，两棵柿子树随四季的更替应景而变，冬藏春华，欣欣向荣。他仍是不满足，不放弃，继续寻找削皮柿子树，他说一定能找到。之后又买了一棵柿子树，苗而不秀，没能长成。

他总结说，十年来买了四棵柿子树，种活了两棵，但遗憾都不是削皮柿子，都不如愿。他对我说："我一定要让你吃到削皮柿子。"这话我听起来就像我一定要到天上摘下一颗星星一样。我已经不想削皮柿子了，想到他这般良苦用心，比吃到了还愉快。

又是一年秋风起。满院的桂花竞相开放，芬芳四溢，还没进到院子已经沁入心脾了。这也是良人种下的，因为我喜欢桂花，他当初围着院子密密麻麻种了一圈63株桂花树苗。由于种植过密有些没种活，有些长大了，还送了几株给邻居。

我收拾起雇工捡起的板栗，那是树上掉落下来的。我拿了篮子想摘一些转黄了的柿子。这时雇工说："那些青色的你也可以摘了，回家泡在水里，过几天就可以吃了，削了皮吃，又甜又脆。"

我和良人一下瞪大了眼睛，惊愕了数秒。再看眼前的柿子，像是第一次见到一样，不敢相信。我俩喜极，但没有泣，百感交集，激动不已。我盯着一个个黄澄澄的柿子，心说："柿子啊，你为什么不开口呢，害我良人苦苦寻觅四处寻找，原来你就在眼前！你比牛还沉默，比牛还任劳任怨、忍辱负重、深藏不露。这么多年来你是在考验我们的耐性、我们的恒心、我们的意志、我们的执着、我们的忠诚吗？然后借雇工之口来告诉我们，你就是那个我们踏破铁鞋无觅处，众里寻他千百度的削皮柿子！"

回到家立即实验。良人把几个有一点点黄的柿子浸泡在水里，两三天后拿出来削了皮，递给我，让我先尝。是削皮柿子，就是削皮柿子，那个我记忆中的味儿，清脆爽口甘甜，一点没有麻辣涩嘴。

这大概就是灵感抑或信念吧。当一件事情长时间一直萦绕在脑海里，念念不忘苦苦寻觅的时候，就会在某一天某一个瞬间突然地出现在你面前，让你茅塞顿开醍醐灌顶豁然开朗，如牛顿的苹果，如瓦特的蒸汽机，如我们的削皮柿子。

太阳镜

经常有人在网上发一些照片，都是他们外出旅行时的行踪留影。照片中的人摆出各种 pose，男男女女，老老少少，高矮胖瘦，都以自己最美的姿态、最佳的模样展现在镜头面前。特别是夏天的照片，有人戴漆黑的墨镜，有人戴看得见眼睛的太阳镜，有人戴帽子，各式各样色彩斑斓的太阳帽，甚是漂亮。

照片有一个特点，凡是戴太阳镜、戴帽子的人，从照片上看都要比不戴太阳镜、不戴帽子的人更显年轻，更精神，更好看，比平日里的形象光辉了许多。

其实这个秘密我在好多年前就发现了。

那是 20 世纪 90 年代，当时深圳正在进行轰轰烈烈的改革，沉年厚重的王朝终于对外开了一扇小小的窗口，一些稀罕价廉的小洋货，如漂亮的贝壳被巨浪推上了沙滩，比如时髦的女士太阳镜，比如男青年喜欢的蛤蟆镜、电子手表，等等，当年都是令国人惊艳的小什物，只有在最早拾贝的走私人手里才能买到，谁要拥有一件那是值得炫耀和让人羡慕的。

老哥去深圳出差就带回来一个太阳镜送给我，那种大大的可以遮去半张脸，带着茶色渐变色的眼镜。我当时很惊讶，怎么会有这么大的眼镜，这么大的眼镜能戴吗？可是往鼻子上一架，居然不会掉下来，镜框松紧度正好，再拿镜子一照，嘿，真漂亮，比我漂亮多了。后来在电影《庐山恋》里见到女主角戴了一副和我一模一样的太阳镜，就更喜欢这副眼镜了，打心里觉得老哥的眼光不错。后来又在美国电视片《大西洋底来的人》里看到主人公麦克·哈克斯，哇，太帅了，特别是戴上蛤蟆镜，更加英俊迷人。打那以后我就知道太阳镜能美化人。不仅美化还能减龄。俗话说，人怕笑字怕挂。一个人的字写得好不好，平面也许看不大出来，可是悬挂起来，美丑瑕瑜立见分晓；人笑起来最能显示年龄的是眼睛，笑起来眼睛一眯，眼角皱纹暴露无遗。戴太阳镜能遮去珠黄的眼睛，掩去皱纹眼袋。太阳帽也能收到如此功效，盖住白发，包藏谢顶的脑袋，二者兼用，"装嫩"效果更佳。

可是十分遗憾，我于太阳镜无缘，今生只与玻璃镜密不可分，友谊还日渐"深厚"。但是我还是喜欢太阳镜，喜爱太阳镜，每次去商场，见到眼镜柜台总要驻足流连，欣赏各种款式时尚漂亮的进口的、国产的太阳镜。我戴不了太阳镜，但是办公室抽屉里，家里书桌抽屉里，都有太阳镜。有时忍不住取出来戴上，对着镜子，看见一双盲人的眼睛。

老哥送给我的那副我最珍爱的太阳镜，我一直带在身边，随我四处奔走，从一个城市搬到另一个城市，从城市的这头搬到那头，从城外搬到城内。

那年老母亲过来看我，她眼睛不好怕见光，见光就流泪。我拿出那副珍藏的太阳镜给她，让她戴上。母亲戴了说，好舒服。我给母亲在两条镜腿上拴上一根细链条让她挂在脖子上，取戴方便，出门也不易丢失。后来母亲带着那副太阳镜回老家了。再后来母亲叫不出我的名字了，只认得我是"亲人"。再后来"亲人"也不认得了。再后来……母亲走了。

我最珍爱的太阳镜让最疼我的母亲带走了，我希望它守在母亲身边。

亦谈冷漠

2017年3月4日傍晚，北京地铁车厢里发生了一起年轻男子辱骂两个女生的事件。当时两个女生请求男子扫"二维码"关注信息，男子不愿意，于是出现了人们在网上看见的镜头，男子粗鲁无礼脏话连篇地骂人，还动手推搡、抢夺女生手机，在地铁停靠站台时，更是不计后果地将两个女生推出地铁，连同手机一起甩了出去。该视频在短短的几天广为转发，人们愤愤不平，义愤填膺地谴责这名男子，有人甚至痛斥说这样的人渣就不该来到这个世界，"全世界欠他父亲一个避孕套"。与此同时，人们也指责地铁里的人，在整个事件发生过程中，竟然无一人起来劝阻或者喝住这名男子，制止其行为，保护处于弱势的女生。人们不能理解，这些人为何如此淡定，对眼前的情形视若无睹、充耳不闻、无动于衷，人心冷漠到如此！

人心何止冷漠于此。上海新华路上，一位八十七岁老人突然倒地满头是血，围观的路人无人施救，一名路过的外国女子见状立即掏出一方洁白的绒巾垫在老人头下，她大骂围观的人见死不救，呼叫救护车，并拿出钱来帮助老人。后经医生诊断，老人因轻微脑梗引起头晕突然倒地擦伤了头部引起出血，所幸无大碍。河南开封一位老人就没有如此幸运了，他骑车走在半道上突然倒地，因无人相救，最后惨死在路上。更有甚者，广东佛山的小悦悦，两度遭碾压，十八人经过，一个个默默离去……诸如此类见伤不扶、见死不救的事件屡见不鲜。

这是自 2006 年年底，南京彭宇事件后全国出现的普遍现象。彭宇案自发生起，到一审判决、最终结案，历时约一年，自始至终为社会高度关注，起初认为是扶起老人做好事的彭宇，后来变成了撞倒老人的肇事者，案件审判到最后，双方以"和解"结案，彭宇支付百分之四十的赔偿费。消息一出，舆论哗然，人们茫然不解，没有想到会是这个结果。人们感到失望，失去了对法律的信任，失去了对公信力的信心。

不论走到哪里，只要是人口密集地，总能见到一些跪着的、躺着的乞讨者，特别是一些残疾人（其中不排除伪装者），他们每天都有所获，就是抓住了人们的善良或者利用人们的善心。如果这个社会真的冷漠无情，还会有人出来乞讨吗？还会有丐帮存在吗？

不久前看到过一段电视新闻，在某个城市的一个下班高峰期，一个五岁大的孩子在家突然发病，情形十分危急，孩子的母亲急忙开车送孩子上医院，可是路况十分拥堵。交警得知此事后，通过电波不断播报情况，告知这位母亲的汽车颜色、车牌号码、行车路线，恳请路人给她让道。司机们在车载收音机里听到广播后，自动靠左靠右放慢速度行驶，给这位母亲让出道来。电视里这位母亲的汽车一路畅通无阻，在众人的热诚相助下顺利到达医院，赢得了抢救时间，挽回了孩子的生命。孩子的母亲十分感动，激动地说：好心人真多啊！

同样是国人，同样是现实，一群素不相识的陌路人毫不犹豫地伸出援助之手，冷漠耶？无情耶？"黑夜里的牛都是黑的，不等于牛就是黑的。"

可是一旦遇到需要挺身而出、仗义执言、相扶一把的时候，国人立刻变成了"黑夜里的牛"，心如止水冷若冰霜，"良心"变成了"凉心"，原因何在？有人说这是人性危机。我不这么认为，如果有健全的法治，有值得信赖的法律，有令人信服的公信力，这些问题会迎刃而解。

有位学者曾经说过，一个国家一个社会，什么人都可以坏，但有三种人千万不能坏——教师、医生、法官，这三种人如果坏了，社会基本就乱了。我理解这个"坏"，或坏人，或坏事。

刘瑜在她的《民主的细节》里说，美好的人性源于美好的制度。这话我信。

2017 年 3 月 14 日南京

中国父母

今天的中国父母，准确讲，独生子女的父母，以及成为父母的独生子女，可以说是世界上最辛苦、最劳累、最操心、最焦虑的父母，天底下独一无二。

在生养孩子方面天下父母都是一样的，比如孩子的吃喝拉撒，饥寒饱暖，有病医病，这些且不说，单说中国父母除此之外还有许多为人父母做不到、不会做、不能做、不会想到要做的事情，中国父母都做了。

中国父母貌似经济上的财主。

现在的孩子两岁半就送进小托班（有的叫小小班），因为幼儿园有规定，如果不上小托班将来就不能进这所幼儿园，幼儿园不收没上该所小托班的孩子。在当下幼儿园资源十分紧缺一园难求的情况下，能够上到小托班那是幸运，意味着将来上幼儿园就有着落了，家长们赶紧地把孩子送进去，尽管有的孩子自理能力还很弱。幼儿园争办小托班主因是经济效益，小托班收费不低，有的父母月收入只有小几千，再加上三年小中大班，上一所普通幼儿园也需数万元。

中国父母不惜花重金培养孩子，这种期望值自第一代独生子女产生后尤为强大。父母只有一个孩子，一门心思要让其读书，盼其成才，将来读本科读硕士最好读博士。不仅成才，还要才艺过人。于是竞争越来越激烈，年龄越来越低龄，你家三岁启蒙，我家两岁识字；你家一岁听英语，我家零岁就起步。还有各式各样的"兴趣班"，你家上两个，我家上三个，他家上五个。父母带着孩子四处奔波，通往"兴趣班"的路上铺垫的都是人民币。一个小学一年级学生家长说，她家的孩子一年的兴趣班、托管班和伙食费（在校用午餐）加起来共计八万多元。现在的义务教育虽然免收学杂费和书本费，但相比起各种"兴趣班"费，好比头上掉下几根发丝，没感觉。

除了"兴趣班"外，大一些的孩子开始上各种补习班，数理化史地政治英语语文，门类齐全。成绩好的要补习，不进则退，要更上一层楼；成绩不佳的要补习，不然考不上好中学，考不上好高中，考不上高中无望上大学。还有针对中考、高考的强化班、冲刺班。不论是"兴趣班"还是各种补习班，都是以小时计费，人数不同、老师不同、收费不同，每小时百元至数百元不等。有人说这是个拼爹的时代，拼爹的实力，经济实力，爹的实力意味着爹的高度，爹的高度决定孩子的高度，所以要想孩子不输在起跑线上，首先要看爹的实力。

孩子长大了，到了谈婚论嫁时，有条件的父母为孩子准备好了婚房，条件次点的帮助首付，如果再次点帮不了首付的父母会觉得愧疚，感觉对不起儿女。

中国父母必须是校（园）外的老师兼学生。

现在有一种现象，无论是幼儿园还是学校，经常给家长布置任务。校（园）里的每一个孩子都是家里的独苗，全家人的期望，父母把这棵独苗送到校（园）交给园丁，希望园丁好好栽培，所以对园丁的要求父母不会不听，不能不听，一定配合。

我单位附近有所幼儿园，孩子进入小托班报到第一天，老师就布置下作业，要求每个家长做一张小报，规定用A4纸彩纸，主题与幼儿园与孩子有关，周五布置周一交。办"报纸"做什么用呢，贴到墙上，把教室装点得五颜六色，迎接小朋友到来。

幼儿园会根据教学安排适时给家长布置作业，今天让小朋友带小动物，明天让带花草，家长就要去办。有的幼儿园想出妙招，让每个小朋友带五种不同形状、不同包装的糖果到幼儿园来，家长要去挑选。有的幼儿园更有创意，要求每人带五种不同的蛋到幼儿园来，教小朋友辨认不同的蛋，有位家长跑了几家农贸市场只找到四种蛋，鸡蛋、鸭蛋、鹅蛋、鹌鹑蛋，孩子看少了一种蛋急得大哭。

国庆节幼儿园要举办庆祝活动，老师要求每个家庭出一个节目，孩子和家长一起表演。家长们领到了任务，琢磨表演什么节目。没有艺术细胞的勉为其难，有表演天赋的没有时间，因为庆祝国庆的时候单位还没放假。到了庆祝那天，父母向单位请假到幼儿园表演节目，请不了假的爷爷或者奶奶上，老胳膊老腿儿的和孩子一起上台表演。

元旦幼儿园要举办迎新年活动。有家长接到指令，上淘宝网买一套服装，作为元旦孩子们的演出服。老师在手机上发了链接，指定在哪家店买，买哪套。这是一款连体装，两条胳膊两条腿，有点像婴儿穿的连体服，不过婴儿服开裆，便于换尿布，而这款放大了的婴儿装不开裆，如果要上厕所，不论男女都要从上面把衣服脱下才行。老师要求男孩买黄色，女孩买红色。这衣服行动不方便，还特别单薄，面料就像夏天的汗衫，大冬天的孩子穿这样的衣服容易受凉，并且是一套真正的"演出服"，表演完了不会再给孩子穿。

孩子度过了幼儿园阶段来到小学。如果说幼儿园时期家长更多的是扮演学生角色，那么上小学的孩子，父母更需要成为老师。

孩子入校就学汉语拼音，这是识字的基础，进度很快。一老师认为幼儿园时期应该学过。很快就考试，如果考试没得到满分，老师会找家长，告知您的孩子拼音没过关，赶紧补上，不然跟不上学校进度就落下了。家长一听急了，下班回家帮孩子补习。英语老师通知家长，您的孩子二十六个字母大小写没搞清楚，跟汉语拼音混淆了，别的孩子已经能够识别。家长立刻变成英语老师，教孩子辨认书写。

老师上完课后布置家庭作业，除了在学校交代学生的外，另外教辅书上的作业直接发到家长手机上，有必须做的，有学有余力者做的，做完以后请家长检查批改，老师随机发送了标准答案。哪个家长也不会承认自己的孩子学无余力，别人能做我们也能做，不然别人考百分我们就只能考八九十甚至七八十了。为了让孩子出类拔萃，有的父母在"学有余力"的作业外，再加题外题。小学主要是语数英，中学除了这三门外，还有理化政治史地生物等，孩子永远有做不完的题，家长陪伴左右，永远有改不完的作业。随着孩子学年升高，渐渐的家长力不从心不能批改孩子的作业了，只能督促监管。

后来教育部出台政策，减轻学生课业负担，尤其是小学生不留家庭作业。是不留家庭作业可是升学压力并没减，重点中学、重点高中、名牌大学需要好成绩高分值。学校遵照上级指示不再布置家庭作业了，只是通知家长："明天默写""后天单元测试""下周开始考试"。父母一看，顿感压力山大，没有具体复习方案，只能八仙过海各显神通了，想出各种方法让孩子背课文、背单词，过生字难词，做习题模拟题，帮孩子过关，检查批改。当一场考试结束，老师告知家长，孩子在班上第几名时，这时候家长们最心跳，成绩好的家长不满足，年级里还有比自己孩子更高的分数；成绩不佳的家长抓耳挠腮，不知如何是好；成绩差的家长慌了神，感到希望渺茫。

这其实也是一种"拼爹"，拼的是父母。父母受教育程度高的，孩子必然受益，能帮孩子检查作业，即使辅导不了哪门具体功课也能把自己的学习方法、成功经验传授给孩子。反之，一些整天为生计奔波的父母，没时间顾及孩子，也没能力辅导孩子或者为孩子请好家教、上好补习班，他们做不了校（园）外老师，孩子很难进入上游。这种延伸到校外的教学，某种程度上也是一种教育的不公平。

中国父母是生活上的保姆。

现在的孩子中午一般不回家，就在学校用午餐。有的学校吃饭的时候学生不打饭，就坐在自己的座位上，等着别人把饭菜打好，汤盛好，再一份份送到他们面前，端起来吃就行。打饭的人是谁呢？是这些学生的父母或祖（外祖）父母。学校认为，孩子太小，这种事情做不了，容易把饭菜撒了，所以让家长来干。家长们轮流排班，每天中午几个人专门去到学校为孩子打饭，有的父母去不了就让祖（外祖）父母去。

我见过日本小学生用午餐。

午饭时间，走廊里出现了三五成群戴着小白帽、穿着小白褂的学生，有高年级有低年级，他们是去食堂打饭的。不一会儿，三三两两抬着饭桶、菜桶、汤桶，端着餐盘往教室里走。我去的正好是低年级班级，教室里的学生坐在自己的座位上安静地等候。"小白褂"们进了教室以后，戴上口罩，各有分工，有人打饭，有人打菜、打汤，有人分发牛奶，每个餐盘里三只碗，一碗米饭、一碗菜肴、一碗汤，还有一盒牛奶（政府免费提供，所谓"一盒牛奶吃高了一个民族"），菜肴看上去非常清淡。学生们有秩序地端了餐盘回到自己的座位上，无声地享用。打饭的学生是轮流值日，每周换一次。一周结束后，值日生要把小白帽小白褂带回家洗干净，周一带到学校，再交给下一轮值日生。每个人都要值日，每个人都有帮助他人的机会，在相互帮助中锻炼成长。

中国父母有的要去学校做"义工"，就是每天早上到学校为家长开车门。校园门口一般堵车，因为家长送孩子到校时间都差不多，各种车辆停在学校门口，特别是汽车，体积大，堵在那儿进退两难。于是学校号召家长做"志愿者"，每天早晨站在校园门口，为那些开车的家长开车门，把孩子从车上接下来送进校园，省去家长停车泊车再把孩子送进学校的时间，加快校门口车辆流通。

孩子进入中学节奏明显加快，三年一中考，三年一大考。这个阶段学校、家长对孩子的学习盯得更紧了，生活上老师不再给家长压力，更多的是家长包揽下孩子的一切，照顾孩子生活起居，一门心思让孩子学习。早晨起来准备早餐，不能太烫也不能太凉，烫了一时半会儿不能吃耽误时间，凉了吃了不舒服，冷热适度时把孩子叫起来。孩子洗漱完毕立即用餐，用完早餐就去学校。不送孩子的那位收拾饭桌，把孩子的被子叠好，床铺整好，换下的脏衣物洗了。孩子们所有的时间都用来学习，孩子成了学习机器，父母成了全职保姆。

孩子成家立业之后，中国父母会继续为之服务。

帮孩子带孩子，对于第三代要么出力，要么出钱，条件允许的又出钱又出力，戏称"贴钱的保姆"。有的父母把义务尽到了国外，帮子女在国外买房。

中国父母很辛苦很劳累，但还是会这么做，要这么做，愿这么做，这与中国的传统文化不无关系。

一是面子。"望子成龙"是中国几千年来的传统观念，是女儿的也要成凤，而成龙成凤的最佳途径便是读书。所以每个家庭都要求孩子读书，倾其所有培养孩子，投入金钱，投入精力。独生子女作为家庭唯一的希望，更是寄予厚望，对其培养有过之无不及。

二是传统与责任。中国人历朝历代，三代同堂、四世同堂是普遍现象。起初是长辈带晚辈，后来是晚辈赡养长辈，这其中有养儿防老的成分，也有含饴弄孙的喜悦，对长辈和晚辈来说，既是责任也是义务。进入21世纪以后，开始以小家庭为单位分而居之。但是，帮助下一代、关照第三代、赡养老人的传统观念没有变，父母还是会尽自己最大努力帮助子女，他们认为这是自己的责任。

三是爱之深切。中国父母更加儿女情长，他们对孩子的爱对孩子的牵挂从娘胎里开始，孩子出生以后那根无形的脐带一直拽在手里，不能放手，还要不断输送营养，付出心血，他们愿意把自己的一生倾注给孩子。中国父母只要孩子不受委屈看着孩子好，就满足了，所有一切的付出都值得了。

这就是中国文化。它和西方不同，西方父母认为，孩子成了家就是一个独立的社会个体，和自己是平等的两个家庭，他们过他们的生活，我们过我们的日子，父母没有义务再帮助成了家的孩子，更不会想到照顾第三代。子女也很清楚，有了家庭之后不再指望父母帮自己，真有困难求助于父母也是非常客气。

中国父母属于中国，他们辛苦，劳累，焦虑，牵挂，然而辛苦，并快乐着；劳累，并享受着；焦虑，并期待着；牵挂，并幸福着。谁也不能改变，谁也不会改变。

宫外孕

电视连续剧《急诊科医生》放完了，我也在网上亦步亦趋地追完了。总的感觉剧本写得不错，演员演得也不错。剧情传递的是正能量，医患双方作为同是血肉之躯的凡人，他们的人生经历、家庭境遇、情感纠葛、自己和家属的疾病痛苦都有写到。如果这部电视剧的播出能增进医患双方的相互理解，相互体谅，相互尊重，那就不枉制作方的一番苦心了。

这部剧里有一个剧情我印象深刻。

一个年轻少妇在她婆婆和小姑的陪同下来到急诊科，她腹部疼痛难忍，并伴有下体出血，医生初步诊断她是宫外孕。少妇起初坚决不肯承认，说丈夫在外地工作，他们分居两地，不可能怀孕。医生支开了她的家人，对她说："你瞒得了你婆婆，还瞒得了医生吗？马上做个检查，结果出来就知道了。"检查结果证明了医生的诊断，少妇羞愧难当。

艺术源于生活才真实可信。此情节在现实中就有活生生的素材。

我曾经听一位妇科专家讲过一个故事。她说从医数十年，诊治过无数病人，见过无数家属，唯有这名患者及其家属她至今不能忘记，并难以释怀。

事情发生在 20 世纪 80 年代。

一天，一辆救护车送来一名急救患者，患者是个年轻女子，腹部疼痛难忍，痛苦不堪，近乎晕厥。当时陪她一起到医院的是她的父亲和母亲。

这位专家，就是该女子的主治医生，经过检查，根据她的经验诊断是宫外孕，并告知其家属必须立即手术，否则会有生命危险。

女子的父亲一听就不高兴了，说医生搞错了，他说："我女婿在加拿大留学，他们多久不在一起了，怎么可能怀孕，还是宫外孕。不可能！绝对不可能！"

医生告诉他，不会搞错，她是宫外孕，必须马上手术。

女子的父亲不相信，他坚定地认为是医生搞错了，是医生有问题，医术不高，诊断错误。他掏出随身带的"大哥大"手机，找出一本电话簿，就在医院她女儿的病床边打电话，找人，找关系，找医生。这位医生就在边上听见他找这个局长找那个厅长，知道了他是个官员。

这时候他的女儿再度出现险情，情况十分危急。女子的父亲推起他女儿的病床就要出去，要去别家医院。

医生急了，拦住他说："你一定要走出这个医院我不拦你，但是你必须签字，出了问题你们自己负责。否则不许走。"

这时候女子晕了过去，休克了。

她的母亲一见女儿像死去一样，突然跪了下去，大声哭喊着："医生救救我女儿，快救救我女儿……"女子得救了。医生的诊断准确无误，宫外孕。

手术结束了，这位医生感到从未有过的疲惫。她说："我就像打了一场恶仗一样，从来没这么累过。仗虽然打赢了，救活了女子，战胜了她父亲，却没有一点酣畅淋漓的感觉，心里觉得无比气愤和委屈。"她说："我至今忘不了这个父亲的嘴脸，不信医生，不信科学，只相信自己的女儿，仗势欺人，愚昧无知，差点断送了他女儿的性命。"这位专家讲起三十多年前的事，至今为之动容。

善良

最近在网上看见一段视频，讲土豪过年。视频虽短，但看得出来制作者还是有其用心的，也许是想让今天的土豪们看看过去的土豪是啥样。有趣的是，视频里的解说者也是位富甲一方的财神，由他来现身说法更有现实意义。

视频里说，过去土豪过年的时候体恤穷人，会让自家的佣人偷偷去给穷人家送些碎银。怎么知道人穷呢？看他家的门窗，如果门窗依旧和平日一样"灰头土脸"的，窗户上也没贴窗花，说明这家穷，连买窗花的钱都没有。土豪就让佣人去给这样的人家送钱。但是送钱的时候不能让人看见，得悄悄地放人家门口。第二天早上人起来开门，一看地上有包碎银，可以过个年了。这样的土豪既仁慈又可爱，不仅乐善好施，还能体谅对方，送钱不让人看见，顾及穷人的体面，不伤人自尊。这样的土豪值得敬重。

现在的土豪不干这种"傻事"，不会偷偷摸摸行善，要大张旗鼓，招摇过市，要举块牌子在人眼面前晃悠，唯恐人看不见不知道。

雪中送炭还不让人知道这是一种高尚品格，不是人人都能做到的，相信这种土豪也不会太多。再说现在即使想这么做也不容易，到处都是摄像头，偷偷溜到人家门口像做贼一样放一包东西，会被人当作行为可疑扭送公安局，更没人相信是做好事。现代通讯发达，做好事不留名不是件容易的事，不如大大方方地帮助别人。真不想让人知道可以不告知第三方，手机转账，几分钟钱就过去了，绕弯子反而显得矫情。

乐善好施是一种善良，这种善良比较容易做到，毕竟自己富裕，或是财力富余，或是体力充沛，给别人一点帮助并不影响自己的生活，反而觉得快乐。当你帮助了一个需要帮助的人时，他对你的那份感激之情会让你感到一种荣耀，提升你的价值，你的自尊心得到了满足，"灵魂也会变得高尚起来"（卢梭）。所以假如你觉得生活不快乐了，不妨去帮助别人，你会发现活得有意义，有价值，因为被人需要就是一种快乐。

真正善良的人除了同情弱者、体恤下流社会外，对比自己强大的人也能存有一份善心。反之，则不能称之为善良的人。

好多年前听过一个笑话，说一个人富了以后买下一栋豪宅。美国人见了，竖起大拇指说："真棒，好漂亮！"日本人说："我要去拜访这位先生，向他请教如何致富的。"德国人见了说："我要研究一下，他是如何一步步走到今天的。"中国人见了，冷笑道："别高兴得太早了，我一把火烧了它。烧了它就和我一样了，我没有他也没有。"

好妒的人不容易善良，嫉妒能生出许多恶来。吕后将戚夫人做成人彘，庞涓因妒将孙膑致残，杭州保姆纵火烧死主人一家四口……这类案例古往今来不胜枚举。一个嫉妒心强的人也会给要饭的人一碗米饭，给遭灾的人送件冬衣，为夭折的后生流下眼泪，对弱者的善举容易做到。所以一个人是否真善良，要看他如何对待比自己强的人。如果能善待活得比自己更潇洒、更滋润的人，那才是真的善良。

"恶意和仁慈都是放大镜，但前者的放大倍数更大。"（哈利法克斯）

特别家书

周围很安静，只能听见时钟坚定的走动声，屋外的喧嚣嘈杂随着夜的深入渐渐沉了下去。我坐在书桌前，手里握着的笔却久久难以落下，白天发生的事还没理清楚，大脑一片迷茫……

下午单位开大会正在传达文件，突然接到班主任柳老师的电话，要我速到学校。我心里"咯噔"一下，儿子有事情了，当然不会是好事，老师不会因为发生了好事而打电话给家长，老师的声音急促还带着愠气，容不得我犹豫，这是命令，必须即刻赶到。我告知边上的同事要去学校，匆忙离开了会议厅。

我骑在电动车上，向学校方向奔驰，心里一边琢磨究竟发生了什么事情，让老师如此动容。儿子从昨天放学回家，到今天早上出门，都是满脸的喜悦，开心得不行。儿子性格外向，喜忧怒都写在脸上，四年级的学生和同龄人比更显得稚气懵懂。

昨天放学我去学校接他，一跳上车就兴奋地对我说："妈妈，老师说明天教育局要到学校来检查，要我们回家清理书包，除了明天上课的课本以外，所有的教辅书都别带，还有作业本也不用带，明天要用的本子老师会发下来。"我笑着点头，我当然明白，这是教育部门为学生"减负"的一项举措，仅仅是一次行动而已，检查结束也就过去了，能坚持几天我不去想。儿子坐在车后余兴未尽地说："妈妈你明天就不用帮我背书包了，我可以自己背。"他今天早上背着轻松的书包蹦跳着出了电梯，看着孩子高兴，哪怕只有一天，我这个做母亲的心里也乐开了花。

可是，为什么老师打电话了呢？

校园里很安静，孩子们都放学回家了。我走进教室，看见儿子坐在进门的位子上，手里拿着一支笔，眼角边有两道光亮的泪痕，班主任也是教语文的柳老师，坐在教室对面靠窗的座位前正在批改作业。我叫了声"柳老师"，她放下手里的作业本起身说："你来了"，然后走到儿子跟前看他写的东西，对我说："你看看，叫他写检查到现在一个字都没有写，就是不肯写，我跟他说你要不写就叫你妈妈来。"儿子的眼泪流了出来，说："我没说错，为什么要写检查，我就是不写，就是不写……"我赶紧制止儿子，问老师是怎么回事。柳老师气愤地说："你问他。"儿子哭着说："那个老师问我有没有占课，我说占课了，今天上午的音乐课就上了语文课，同学们可以做证……"柳老师打断他的话："那是我和音乐老师调了课。""你一直都说调课，可是都没有还，还有艺术课、信息课……"儿子提到信息课突然大哭了起来，我掏出纸巾给他擦眼泪，一边要他安静下来，不许这么对老师说话。柳老师十分生气，越说越气，因为生气有些语无伦次，从她断断续续的话语中我大致知道了事情的经过。

上午教育局来了十几个人到学校，他们两三人一组，抽取了不同年级的几个班级检查了解"减负"情况。来到儿子班上时，柳老师把三个检查组成员带了进来，三人随意看了一些同学的书包和作业，还问到有没有占课现象，即占用"辅课"上语、数、外。课程表上的音乐、艺术、信息等课的成绩因为不作为升学依据，所以相对语数外而言被称为"辅课"。其中一人来到儿子面前，问他有没有占课现象，结果儿子说有占课现象，并且当着柳老师的面说上午的语文课就占了音乐课。

我可以想象当时的情形是多么尴尬，也能够想到柳老师多么生气。放学时柳老师把儿子留了下来，要他写检查，说不写不许回家。儿子认为自己没有说错坚决不写，两人就这样僵住了。我对柳老师说，能不能让我先把孩子带回家，我跟他谈谈，检查明天再交。柳老师说可以，但是明天必须把检查带来。

儿子坐在我车后一句话也不说，一反常态的安静。儿子喜欢辅课，比如每周一次的信息课是他的最爱。那是坐在一间特殊的教室里，学生们穿着鞋套在电脑上编点小程序，制作自己喜爱的动感图画之类的，儿子的表现总是令老师满意，老师对他夸赞不已，儿子感到很荣耀也很得意，还经常帮助其他同学。

还有艺术课他也喜欢，老师带着孩子们徜徉于世界各地的艺术殿堂，欣赏美术作品，讲艺术大师的故事，听世界名曲……他每周都盼着这些课，一次性鞋套总是放在书包里，他说万一忘带了呢。可是常常让他失望，回到家就说"今天又没上成……"说着眼泪就出来了，儿子很感性，泪水和他的情感一样丰富。

一到家儿子就哭了起来，站在客厅里大声哭，放肆地哭，似有满腹委屈。我没有制止他，给他递了块毛巾。儿子边哭边说："我没有说错老师为什么让我写检查……同学们都可以做证……我没有说谎……"我让儿子坐到沙发上，让他看着我的眼睛，我对儿子说："妈妈相信你！相信你！"儿子注视着我的眼睛，泪水缓慢了下来，眼里的不平和委屈渐渐退去……我把儿子紧紧抱在怀里。

待儿子平静下来，我问他："同学们都可以做证，可是同学们都没有说，为什么你说呢？"他说："因为我坐在门口，那个老师快出门时就问我了。我本来也不想说的，看同学们都不说。可是他们要走了，我再不说他们就不知道了，我希望他们管管学校，不要占我们的课……"儿子又伤心地哭了起来。

我带他去卫生间洗脸，儿子忧虑地问我："妈妈，那检查怎么办？"我弯下腰，轻声对他说："妈妈会给老师写一封信，你放心。"儿子一下舒展了双眉，动情地说："妈妈你真好！"

这个检查我不会让儿子写，我也不会代他写。小学是一个人心智成长的重要阶段，这段时期的教育关乎人的一生。我们从小教育他要做诚实的孩子，不能说谎。今天孩子说的是真话是实话，如果因此而让他写检查，让他承认自己做错了事、说错了话，这会给孩子带来困惑，造成思想上的混乱，黑白不分，是非不辨，将来难以树立正确的人生观，这对孩子的成长不利，那我们的教育就彻底失败了。但这话我不能对孩子讲，我希望孩子亲其师信其道，一个学生不认可的老师，树立不了威信，还是要维护老师的尊严、老师的权威，如果家长在孩子面前打破老师的权威，孩子就会抵抗老师，这对孩子的成长也是不利的。

晚上我收到一位同学妈妈发来的信息。两个孩子同学几年，我们也成了朋友，她女儿是班长。女儿问妈妈："成昕没有说错，老师为什么让他写检查啊？老师还让我们打钩儿说没有占课。"原来教育局这次还带来了问卷调查表，柳老师找了两名班干部到办公室去填写，让两个学生在表上全部打钩儿，表示没有占用其他课程的现象。

我没有问朋友是如何回答女儿的。我想起了美国教育学家帕克说的一段话："倾听学生尚未发出的声音意味着不断宽容他人，关注他人，关心他人，尊重他人；意味着不能匆忙地用教师的言语去填塞学生的沉默；意味着充满深情地走进学生的世界，以便他或她把教师看成能一直倾听真话的言而有信者。当学生有了发言权，也就能够发现自己的声音。"

我轻轻走进儿子的房间，坐在他床前，书房折射出来的余光映照在儿子纯真的面容上，显得格外柔和，看着他香甜地憨睡我感到欣慰。我在心里对儿子说："今天，是你人生中第一次遇到挫折。人的一生没有一帆风顺的，会遇到各种各样的问题，人就是在挫折中磨炼成长起来的。你要学会坚强，学会自我慰藉、自找幸福，这样将来走向社会，在任何挫折面前都能泰然处之，永远乐观、阳光。"

我感觉思路越来越清晰。我坐在灯下，展开便笺，我要给老师写封信，交流思想，交流对孩子的教育。有位教师曾经说过：爱自己孩子的是父母，爱别人孩子的是老师。不论父母还是老师，爱不是迁就也不是责难，爱是给孩子成长的力量，同时给予温暖，让孩子看到希望。

我知道这封信该怎么写了。

2016 年 7 月 7 日

选举

偶尔看到一张某央企的小报，其中有条新闻，大致内容是：工厂工会换届，以无记名投票方式选举工会主席，选举结果是，原工会主席落榜，产生了一名新工会主席。这名落榜者接受采访时说，没能连任感到很遗憾，自己年纪并不大，本想再干一届继续为大家服务。

这事让我想起一家民营企业，同样是民主选举，同样是无记名投票，候选人不但没有落选，并且全票通过。

SH是一家软件分公司，总公司在深圳。公司章程规定，分公司上层领导，就是经理、副经理，每三年换届选举一次，实行等额选举，候选人由总公司决定。选举要求全体员工参加投票，无记名投票，得票过半数当选。就是说，SH265名员工，至少要获得133张选票，未过半数为落榜，总公司重新安排候选人。

这一年又逢换届，SH的员工们习惯把换届年叫作大年，公司上下有种过大年的气氛，毕竟手里有张选票，选谁不选谁自己说了算，有种主人翁的感觉。换届相当于换血，即使不是大换血，也会有新鲜血液输入，这是老规矩了，所以人人都像打了鸡血一样处于亢奋状态。

候选人名单下来了，一名经理、四名副经理，共五人，虽然是等额选举，但可以另选他人。另选他人的意思是，如果不想投票给这名候选人，可以划掉这个人的名字，写上另选的那个人的名字。投票人可以投赞成票，可以投反对票，可以弃权，弃权不写任何符号。每张选票上最多只能选五人，或者少于五人，多于五人就是废票，选举无效。

胡经理看到候选人名单很高兴，总公司对自己还是信任的，仍然把自己安排在经理候选人位置上。四名副经理候选人中只保留了一人，换了三人，三人中有两人是 SH 的部门主管，另外一人现在总公司任职，算是"空降兵"。

胡经理虽然高兴，但心里还是忐忑不安，万一过不了半数，太阳就落山了，那时候总公司也帮不了自己。毕竟是无记名投票，现在的人可不好说，表面上对你客客气气，唯命是从，说不定背地里巴不得你早点下台，尽管你下来未必他就能上去，但是看见你下来他还是高兴，达到了目的。133 张选票，说容易也容易，说不容易也不容易，少一张都不行啊，比如选举那天，多几个人缺席，就少了几张选票。再说了，这次还有个总公司下派的副经理，他在 SH 可是没有一点基础啊，公司有几个部门的老主管就盼着换届能上个台阶，可是位置却给了别人，上面直接空降下来，心里能没想法吗？有想法就会有行动，他们可是有群众基础的呀，员工也会为他们抱不平，只要稍稍吹个风，小草就摇动起来了，上次杭州的公司就是这个情况，空降兵没能安全着陆，结果这个公司经理只干了一年，不到一届就换人了，让总公司不高兴了，也就不按常规出牌了，胡经理可不想这样。

他打电话给助理刘晓由，让他把三名副经理候选人一起找来，到他办公室开个会，商量这事怎么办，必须保证选举圆满成功。

三名候选人中，留任的郭副经理，客服部主管周建功心里也担心，万一另选他人的多了，选票就分散了，这一分散就难过半数了，过不了半数总公司就重新洗牌了，到时候自己还是不是候选人就难说了。

李卓群是技术部主管，这次能进入副经理候选人他很惊喜。他来公司时间不长，虽然业绩不错，但资历浅，前面有几个部门的老主管早都盯上副经理这个位置了，现在自己成了候选人，那还不羡慕妒嫉恨啊，所以他觉得这次可能没戏。但想想，管他成不成呢，只当热热身，混个脸熟，至少说明上面对自己的工作是肯定的，继续努力还是有希望的。

大家各怀心思，心里都不轻松。

胡经理给大家分析了这次选举的形势，虽然有总公司的信任，但现状不容乐观，毕竟僧多粥少，多少人三年前、多年前就盼着了，都想抓住换届的机会换岗晋级。他说："并不是进入候选人名单就铁板钉钉了，还可以另选他人，票数还必须过半。实际上这个选举就是一次性的，没有第二回，只要没过半数就落选了，下面的候选人是谁就不知道了。所以你们都动动脑子，想想办法，多想几个 idea，保证选举顺利通过。这样大家都好，我们皆大欢喜。"

大家点头称是，认为胡经理分析得透彻，必须冷静下来好好想办法，现在还不是激动的时候，甚至根本不能激动。

就这样，SH 最顶层、最机密、最简短的紧急会议结束了。

胡经理把晓由留了下来，郑重交代他："这件事你要好好琢磨琢磨，他们几个说实话我没抱太大希望。你年轻有为，聪明机灵，这事我就交给你去办，也算是对你工作能力的一次考验。"晓由受到鼓励，感到这是胡经理对自己的莫大信任，他一定要完成好这次任务。同时也知道这是一次挑战，严峻挑战，但他没有退路，作为助理他必须照办。他对胡经理说："经理您放心，至少保证您当选。"

"那不行。"胡经理斩钉截铁，"只保证我一人不行。你注意到没有，这次总公司安排的三个候选人都是我们没有想到的，还有一个空降兵，这显然是上面高层的意思。只保证我一人怎么行？一定要保证这些人都顺利通过，也算是我本人对总公司的一个回报。"晓由深感责任重大，但还是坚定地说："我明白了。"胡经理拍拍晓由的肩膀,最后语重心长地说:"这事就交给你了。"

接下来几天,晓由就在经理会议室里,从早到晚专心思考选举的事。他想,既然是无记名投票,选票是关键,只有在选票上动脑子想办法。他找来公司的历届选票,还有外面的各种选票供自己参考,希望能得到一点启发,开拓思路。他茶不思饭不想,每天设计各种选票,加班加点,废纸倒了一篓又一篓。他感到这次任务不但艰巨,还有风险,关系到胡经理,关系到自己。如果失败,胡经理没选上,自己这个经理助理也就没了,皮之不存毛将焉附。不仅如此,还有那个空降兵,也得保证他的安全,他有危险胡经理就有危险,胡经理有危险自己也就没了希望,所以只能成功不能失败。

他在纸上画着选票,赞成打钩儿;反对打叉;打叉以后可以在边上的空格里另选他人,也可以不选;弃权不写任何符号。他想,如果那天大家都打叉怎么办?都另选他人怎么办?都弃权怎么办?弃权就相当于反对,因为候选人没得到票数,他要做最坏的打算,才能想出最完美的办法。他多么希望自己变成孙大圣啊,到选举那天,拔根汗毛轻轻一吹,变成无数只小精灵钻进每个人的脑袋里,让他们怎么写就怎么写,一个个全部打钩儿,五个人全部当选……他这么想着,一个人在房间里笑了起来,哈哈大笑,仿佛成了现实。他这么一笑,灵感突然钻了出来,他顿时有了主意,一个完美无缺的主意,他兴奋得捶桌子，使劲捶，不知道疼痛，这是他这么些天费尽心思绞尽脑汁苦思冥想的回报。

他迅速设计了一张选票，拿起来再看一遍，满意，不错，perfect。他兴冲冲地疾步走进胡经理办公室。

胡经理见他一副喜不自胜的样子，知道他有了办法，起身离开办公桌，笑眯眯地走到沙发边上，示意他坐下，自己坐在了晓由边上。

晓由双手递上那张选票，对胡经理说："您看看。"

选票上是五个候选人的名字，胡经理和其他四名副经理，每个名字后面有两个空格，一个空格用来打叉，一个空格用来填写他人的名字。最关键的是选票上端的一行小字"选举说明：反对打叉，打叉后可以在后面的空格内另选他人，也可以不选。"

胡经理没看明白。

晓由向他解释：这张选票默认为赞成票，就是说默认总公司对我们 SH 的人事安排。只有投反对票的人才需要填写选票，打叉以后，或者另选他人，或者不选他人。到选举那天，规定统一用笔，我在现场，需要用笔的到我这里来领取。就是说，谁需要用笔谁就是要投反对票了，因为赞成票不需要填写，选票设计的就是默认赞成，弃权是不需要写选票的。

胡经理有几秒钟没有说话，他在回味理解晓由的话。突然间，他大笑了起来，笑得无比爽朗，无比开怀，他笑出了泪花，紧紧抓住晓由的双手，激动得一时小脑短路说不出话来，但大脑还是十分活跃，心想这小子太精明了，太有才了，怎么能想出这么个绝招儿来，连弃权都给堵住了，弃权票也变成了赞成票。这实际上是一张赞成票的选票，默认所有投票人都赞成选票上的候选人，只有投反对票才需要动笔打叉。大家都在一个大厅里，坐在一起写选票，眼睛好的都能看见别人写什么，这种情形下，谁还会在众目睽睽之下索笔写选票，明目张胆地投反对票呢，除非他不想在公司干了，这么一来谁也不会投反对票了。胡经理越想越开心，越开心越合不拢嘴，他心花怒放，笑个不止，有点范进中举的味道。

选举非常顺利。那天晓由站在大厅一角，手里象征性地拿了几支水笔，他知道不会有人向他要笔的，事实证明果真没有。实际上他剥夺了投票人的权利，他让投票人默认候选人，强制投票人赞成候选人。

胡经理和四名副经理全部当选，全票通过。

选举结果报到总公司，公司高层十分满意，特别是老大马总经理。马总亲自打电话给胡经理，赞赏他的工作能力，佩服他的聪明才智，说他能办事，会办事。胡经理再次乐开了花。

胡经理后来知道，那位空降兵是马总小姨子的小姑子的妹夫。

胡经理没有忘记晓由的功劳，两名主管上任后，他调整了几位主管的岗位，提拔了两名主管，其中一位就是刘晓由，任命他为经理助理兼人事部主管。胡经理要留用晓由，继续做他的助理。经过这件事，胡经理更加赏识他。像晓由这样高智商的年轻人，经过高等院校锻炼以后，已经打造成了光彩炫目的精工表，表面光滑圆润，内里分秒不差，总能准确无误地走入你的心扉，拨动你的心弦，比你预期的还要贴切，还要到位。他感到后生可畏，江山代有才人出。

主人翁

梁实秋的《雅舍小品》里有篇文章，其中有句话是这样说的："我一向不信孩子是未来世界的主人翁，因为我亲见孩子到处在做现在的主人翁。"梁先生是因为不满"孩子役使父母"而说出这番话的。

我不知道梁先生当年看到的"主人翁"是什么样，孩子是如何"役使父母"的，今天仍然到处是"主人翁"，到处见到"孩子役使父母"。但我以为梁先生看到的只是结果，只看到"孩子役使父母"，没想过孩子为什么会役使父母，敢役使父母，能役使父母。其实"主人翁"都是父母或长辈培养打造出来的。我就亲见了这些父母或长辈如何甘为孺子牛，结果孩子成了"主人翁"。

在一节拥挤不堪的地铁车厢里，座无虚席，站着的人挨着人，相近的程度可以数得清对方有几丝白发。就在这样一节车厢里，我视线右下方坐着一对祖孙，奶奶年纪不大，精神矍铄，小孙女看上去五六岁，正带劲地啃着玉米棒。奶奶侧着身子全神贯注地盯着孙女，一会儿拉拉她的衣角，一会儿摸摸她的衣领，一会儿捋捋她的头发，一刻不停。大概觉得孙女坐着还不够舒服，伸手给她脱了鞋，然后一条腿一条腿地帮她放到座位上。小孙女很享受老人的搬弄，自己并不抬腿。鞋子落在了乘客脚上，奶奶弯腰把鞋放到座位底下。奶奶坐在拥挤的车厢里并不感到拥挤，她的眼里看不见人，她的世界只有这个孙女。她盯着孙女啃玉米，一小口一小口地咬，每咬一口嘴角留下一丁玉米屑，奶奶便用手给她揩掉，她咬一口，她揩一次，她咬一口，她揩一次……她时刻准备着，她不给她一方手帕或一张纸巾让她自己擦，或者待她吃完以后让她自己擦掉（地铁有规定不可以进食）。她的这种举动让我想到一种动物，那种人们特别喜爱的宠物，它总是衷心耿耿地围绕主人，仰视主人，乖巧地舔舐主人，它那么卑微低下，主人在它面前能不感到自己是主人翁吗？

梁先生一定是见多了这类"主人翁"所以心生不满，其实我也见到不少。

我还见过一对母子，那是在新街口地铁站。母子俩被身后上车的人流涌进了车厢，母亲紧紧抓住孩子，一个三四岁的小男孩。站在拥挤的人群里，尽管抓不到扶手，但在人挤人的状态下即使停车也不会倒下。孩子突然说："妈妈抱我。"母亲说："妈妈抱不动。这么多人怎么抱。"确实没法抱，寒冷的冬天大家都穿得厚重，当时的情形也没有空间让这个母亲弯下腰来抱起孩子。孩子佯哭道："啊……我要抱，我要看到了哪里？"他要看车门上动态的线路图。母亲说："到了哪里我告诉你。现在到了……""我不我不，我要自己看，你抱我——"。母亲怨道："这么多人怎么抱嘛，我都累死了。"一边说着，一边做出了要抱孩子的姿态，周围人朝边上再挤挤让她可以抱起那孩子。母亲沉重地抱起了裹得严实的孩子，孩子得到了满足，看着站台线路图大声地说："我们是不是到中华门？还有三站。"他的脸对着母亲的脸，母亲定睛看着他，说："脸上都是汗，擦擦。"我以为男孩身上有纸巾，他母亲是腾不出手来的，她还没有力量一只手着孩子一只手掏纸巾。没想到男孩熟练地把脸贴在母亲脸上，左右开弓地在她脸上擦汗，把汗蹭到他母亲脸上，两人配合默契，一下左一下右。我一下呆了。想必这个动作经常做。"主人翁"就是这么培养出来的。

这类父母不在少数，孩子一出生就把自己放倒了，倒在了孩子膝下，把孩子奉为主人，自己降为役使。

在超市一台下行的扶梯上，站着一位年轻的母亲，她一手拎了一大包东西，一手提着一个塑料袋，塑料袋里是一个花盆，一只结结实实的陶泥花盆，里面铺了厚厚的泥土，花盆里盛开着鲜艳的映山红。这个母亲刚想把花盆放在扶梯上歇歇手，她身边的孩子，一个十来岁的男孩，手里捧了一桶爆米花在吃，大声说："不能放下，打了怎么办！"声音之大引起前面的人回头看。这个母亲闻声忙把花盆提了起来，她大概觉得主人的声音太响了，让她有点难堪，佯怨道："叫你别买你偏要买，现在好了，又怕打了。"她的声音也不小，似乎要说给那几个回头看的人听："看，我教训他了。"

每每看到这类长者我很替他们可怜，自己力所不能及为什么要勉强？为什么要满足他们的一切欲望？为什么不能让孩子和你一起分担？拿不了重的可以拿轻的。

我也为这些孩子可悲，他们的长辈剥夺了他们锻炼的机会，他们不能做自己力所能及的事。

孩子生下来都是一张白纸，纯真无邪。可是有些孩子长大了就"役使父母"，问题不在孩子，是这些长辈，甘愿把自己当仆人，孩子才成了"主人翁"。

浮光掠影阿联芭

阿联酋是阿拉伯联合酋长国的简称，由七个酋长国组成，七个酋长国组成了统一的联邦制国家。阿联酋国土面积 83600 平方公里，首都阿布扎比占了百分之八十五。阿联酋的版图就像一只跪在大地上的羔羊，羊身是阿布扎比，羊头上是其他六个酋长国，它们之间的关系就像七兄弟，阿布扎比是长子，迪拜是老二。

阿联酋常住人口 860 万，当地阿拉伯人约 100 万，绝大多数是外国人。阿联酋是中东地区的一块和平乐土，许多阿拉伯人愿意在此居住，心理上感到安全，环境也舒适整洁。

阿联酋有一个四十人组成的议会，总体上属于咨询机构。议员由各酋长国的酋长提名，酋长院最高长官任命。酋长院由七位酋长和当地贵族以及富商组成。阿联酋的总统和副总统在酋长院产生，通常是阿布扎比的酋长当选总统，迪拜的酋长当选副总统兼总理。七个酋长国高度自治，都有自己的法律和政府部门，各具特色。比如迪拜思想最解放。首都阿布扎比又比其他几个酋长国更开放一些。七个酋长国对外是统一的国家，外交权和国防权都在阿布扎比，总统兼任武装部队总司令。阿联酋的各位酋长作为世袭的君主在酋长国内享有绝对的权威。

阿联酋作为伊斯兰教国家，以教治国，法律也参照《古兰经》制定。《古兰经》最早出现于公元600年，距今约1400年历史。传说《古兰经》记载的是真主安拉的话语，不能改变，所以尽管有不同版本的《古兰经》，但内容没有丝毫改变，一个字、一个标点符号也没有动过。"伊斯兰"一词在《古兰经》中是"和平顺从"的意思，伊斯兰教的宗旨主张人与人之间和平相处，顺从真主安拉的意志，服从安拉的命令，远离安拉的禁止。

依据《古兰经》，阿拉伯男人至多可以娶四个太太，如果想要再娶必须离掉一个。但在现实中真正娶四个太太的并不多。因为每个太太都是单独居住，都要有自己的house，如果每个太太再生几个孩子，这种压力也不是普通人能够承受的。迪拜现任酋长就娶了两房太太，两个太太为他生了十九个孩子。

阿拉伯人的着装给人感觉颇为独特，这其实与他们所处的环境有关。阿联酋内陆是沙漠，外沿是大海，兼顾热带海洋和热带沙漠气候，气温偏高，降水稀少，年平均降水量不足百毫米。夏季（4月至10月）更是酷热潮湿，气温可达五十摄氏度，人体感觉不适。这里只有两季，夏季和当地人所谓的"冬季"。"冬季"相当于我们的春秋天，温度适宜，不冷不热。

阿拉伯男人的传统服装是一袭长袍，以白色为主。这是因为夏季气温高，紫外线照射强烈，白色对热辐射吸收能力弱，升温慢，感觉相对凉爽。但是白色反光性强，紫外线反射到脸上，所以阿拉伯男人的肤色看上去呈古铜色。沙尘暴是当地常见的气象，就像我们的雨水一样频繁，所以他们头上裹一块头巾，放下来既可以遮避阳光又可以挡风沙。头巾上面还有一道深色的"箍"，看上去像是固定头巾用的。其实并不是头箍。在发现石油之前，当地人还是过着游牧生活，头上的那道"箍"其实是绳子，晚上睡觉时用来绑骆驼腿的，以防骆驼跑掉，白天就缠在头上。他们的衣服胸前垂一条长长的穗子，穗子上拴一个小小的口袋，口袋里面装的是香水。在沙漠里赶骆驼时，骆驼身上的气味难闻，这时候打开香水闻一闻，以掩盖异味。而宽松的长袍在行走时可以营造空气流通的环境，风灌进去，就像一个天然空调，特别凉爽。长袍里面据说只裹了一块布，即使冬季也是这么穿。

　　所谓一方水土养一方人。由于常年缺水，早期也没有海水淡化的技术和条件，没有水沐浴，他们就想办法研制各种香料，用香料来掩盖身体的异味。所以阿联酋盛产香料，香料品种极为丰富，令人眼花瞭乱。走入长长的香料街，香料铺一家挨一家，香气扑鼻，气味莫辨。有人说这里的香水不亚于法国香水。

　　阿拉伯女人则是黑袍加身。她们要把自己从头到脚遮盖起来，只露出一双眼睛，不能看见身体的曲线。伊斯兰教戒律认为，女人全身都是羞体，陌生男人看见不吉利。但是现在的阿拉伯女人，外面虽然是黑袍，里面却是亮丽的时装，或许还是国际大牌，和普通女人并无二致。她们回到家，只要家里没有陌生男人，便可脱去黑袍卸下面罩，显露"真身"。现在阿联酋一些开放的地方，比如迪拜、阿布扎比，女人出门有的已经不再蒙面了。

女人的首饰也很夸张，一件黄金饰品可以重达几公斤。他们把一大块黄金制作成精美的首饰，沉沉地挂在女人身上，像一件衣服披挂在胸前，手镯、戒指也是巨无霸，这与他们的历史文化分不开。在过去，部落之间经常发生纷争，打起仗来常常举家迁徙转移，家里就把值钱的东西都戴在女人身上，钱币也串起来挂在女人脖子上，大大的手镯、戒指还可以当武器抵御侵犯，这样其他家什就不用带了。所以这里的黄金饰品分量沉重，价格也令人生畏。

阿拉伯还是世界上最早生产咖啡的地区，其咖啡历史古老而悠久，饮用咖啡成为阿拉伯人的一种文化。喝咖啡对他们来说是极其庄重的事情，仪式烦冗。煮咖啡也很讲究，要准备三个大小不同的咖啡壶，咖啡豆先炒熟，炒熟之后再捣碎，再碾磨成咖啡粉，然后把咖啡粉倒入中壶里。最大的壶用来烧水，架在明火上烧，水烧开后冲入中壶里，浓郁的咖香喷薄而出，沁人心脾，这时候再加入伊朗产的藏红花和印度的小豆蔻，藏红花有益排毒，小豆蔻提香醒神，这样才是冲好了咖啡。最后将冲好的咖啡再倒入最小的壶里，由家中长子提着壶给客人敬咖啡。

阿联酋有两百多个天然岛屿，海岸线很长，风景优美。陆地则是一望无际的沙漠，还有少量的山区和盐沼地，植物难以生长。但是，沙漠底下都是石油，海水下面还是石油。就在1966年发现了地下石油，三年后开始大量出口，从此，财源滚滚而来。有人说，阿联酋是从骆驼背上一步跳入宝马车里的，直接从原始的农牧社会进入了现代化，中间没有过渡。但是，阿联酋的石油分布并不均匀，百分之九十的石油在首都阿布扎比。

沙漠中的花园阿布扎比

阿布扎比在七个酋长国里最富裕，土地面积最大，石油也最多。有人戏说，在阿布扎比的地上蹭几下鞋跟就黑了，意思是石油之丰厚。打个比方，假设以每天出口两百万吨石油计算，阿布扎比还可以持续三百年，每天入账几亿美金。所以阿布扎比地底下涌动的是汩汩的黑色黄金，真正是"富得流油"。

这个黄金打造出来的酋长国，最独特之处，是在茫茫无边的沙海上建起一座花园城市，一个举世瞩目的绿色之都。将空中阁楼变为现实，将海市蜃楼变成了人间盛景。

阿布扎比就是一个大花园。汽车行驶在大道上，当看见路两边出现一株株挺拔葱郁的行道树时，就知道进入阿布扎比了。

这里到处是绿树鲜花青草翠坪，一派春意盎然的景象。形状多样的现代化建筑鳞次栉比，各具特色。滨海大道整洁宽敞，美丽的海上风光一览无余。看到这一切，会让人产生一种错觉，以为这里原本就是一座风光旖旎的天然海滨城市，或者是中国的江南水乡，雨露滋润，万木生长。而实际上，这里原先是绵延不绝一望无际的沙漠，就在这座城市的下面，仍然是广袤的沙海。这些美丽的树木花草全部采用现代化栽培技术。先在黄沙表层铺上厚厚的泥土，泥土上面再布设水管，然后进行滴灌，这里的每一株树、每一棵草、每一朵花都是滴灌培植，所以说，这座花红叶绿的沙漠公园，是用真金白银浇灌出来的。

阿布扎比还有闻名遐迩的世界第八大清真寺——谢赫扎耶德大清真寺，也是阿联酋唯一对外开放的清真寺，为纪念开国总统谢赫·扎耶德而建造。

这座清真寺建造时间长达十二年，可同时容纳四万人聚礼。设计师和建造材料来世界各地。外立面采用白色大理石，看上去圣洁而庄重。内部装饰镶嵌各种金银珠宝，精致典雅，富丽堂皇。清真寺内有一块五千多平方米的巨型地毯，重达三十五吨，由伊朗著名艺术家阿里卡赫利奇设计，一千多名伊朗工人花两年时间手工编织而成。这方地毯亦是世界上最大的人工地毯，置身其中，如临花海，美不胜收。

在过去，女士进到这座清真寺必须穿阿拉伯传统黑袍。近年来由于参观的游人多了，黑袍供不应求，也不再严格要求穿黑袍了，但要遵守着装规定：面部、颈脖要遮盖起来，只露出眼睛；不得穿透视装、紧身服；不能袒胸、露背、露臂；裙、裤长至脚踝，总之达到穿黑袍的效果。

在这个酋长国内，有一片金色穹顶的阿拉伯风格的建筑群，那就是世界上唯一的八星级酒店——皇宫酒店。这里既是皇家酒店也是阿联酋议会大厦，耗费四十吨黄金打造（14K）。远远望去金碧辉煌，充分彰显皇家富豪之气。

阿布扎比的开国酋长于 2004 年辞世。他生前致力于植树造林，美化环境，同时建住宅、造医院、修学校，做了许多造福桑梓、惠及民生的善事。

奢华之都迪拜

DUBAI 念作"读拜"其实更接近音译，不知为何将它译成了"迪拜"。迪拜 20 世纪 20 年代还是个小渔村，大约只有两万人口。由于地处沙漠，缺水干燥，环境恶劣，人均寿命只有四十岁（现在七十岁）。迪拜常住人口 100 多万，当地阿拉伯人 17 万，其余都是外国人，以印度、巴基斯坦人居多，其次是菲律宾人和华人，还有少部分欧美人。

迪拜诱人的高福利，比如免费上学、就医、住房等，只有当地阿拉伯人能够享受。对外国人的优惠只是不交税，不论是办公司还是打工，都不用纳税。但这种优惠就要走到尽头了，2018 年起迪拜开始征税。外国人也不能加入他们的国籍，只有女人有一定的机会。女人嫁给当地男人，生下孩子后，过若干年可以入籍。孩子生下来就是当地人，享受其福利。外国男人是没有机会的，即使娶了当地女人也不能入籍。

1966年发现石油后，迪拜开始大规模搞基础设施建设，建港口，建发电厂，建海水淡化厂，同时发展贸易。从此解决了生活用水问题，饮用水全部是进口的纯净水。这里水比油贵，一升水3元，一升汽油1.7元，接近两升汽油的价格。

当地人没什么专业技能，更没有高科技方面的才能，但他们有钱。他们把欧美人请进来，让他们去领导各个产业领域，比如建筑业、电子信息业等，让他们去管理、设计、规划，再招徕周边国家廉价的劳工。所以这里贫富差距很大，高层管理人员月收入可达一万多美元，而干苦力的劳工一个月只有三五百美元。这里的常住居民似乎也分了等级，最高等是阿拉伯人，其次是欧美人，接下来是来此投资办公司或打工的人员，比如华人，最下等是劳工。

迪拜没有工农业，也没有污染。当地人不事生产，基本上都做公职，每月起薪五千美元。他们可以办公司、做业务，脑子灵光的可以做担保。

当地法律规定，外国人在此投资办公司必须由当地人做担保，诸如提出申请、办理执照、招收员工、银行开户等事项，都必须有担保人签字，并且担保人以合伙人身份占公司股份的51%，也就是大股东。担保人制度可以视为一种福利，给当地人增加一项额外收入，可谓空手套白狼。担保人并不参与公司经营，只是挂个名，事先议好一年给多少钱，视公司大小而定，从几万元到十几万元不等。如果公司在经营过程中遇到问题，担保人也有责任为其善后。担保还可以作为财产继承，可以传代，有孩子两三岁就是担保人了。担保没有数量限制，只要愿意，一人可以担保数家、数十家公司。假设一人担保一百家公司的话，一年可以净收数百万。如果公司设在自贸区，可以无须担保人。自贸区建在偏远的沙漠，免去担保人算是吸引公司的一项举措。

这个地方对当地人的保护近乎没有原则，如果外国人与当地人发生纠葛是没有话语权的，不论哪个层次的外国人，一旦触犯了当地人的利益，没有法律保障，无理可讲，驱逐出境。所以外国人都尽可能地避免与当地人打交道，循规蹈矩地做自己的事，只要不去惹事，在这个国家生活还是舒适安全的。伊斯兰教的教规很严，他们也不会胡作非为，比如"拾金"必须"不昧"，要交还失主或者交给警察，如果占为己有视同犯罪，严惩不贷，所以这里很少有偷盗行为。

阿联酋的资源主要是石油，而石油90%在阿布扎比，剩下的10%在其余六个酋长国。石油在迪拜仅占GDP5%，并且到2016年就没有了，要依赖进口。迪拜石油短缺，先天不足，其经济来源主要依靠商贸、旅游和投资。迪拜大规模开发建设的资金都是依靠贷款，到其他酋长国去借贷筹集。比如世界第一高塔——哈利法塔，原名叫迪拜塔，建到一半因缺少资金向阿布扎比求援，当时的阿布扎比酋长哈利法，慷慨施以援手，解了迪拜燃眉之急，为表示对酋长的感谢与回报，迪拜酋长将迪拜塔更名为哈利法塔。

哈利法塔建于迪拜中央，与其著名的帆船酒店迎面相对。迪拜就是这样依靠借贷大搞建设、搞开发，而后再以开发的成果带动经济，增长繁荣。如今，迪拜的旅游业占到经济收入的40%，境内有六百多家酒店，其中五星级酒店一百多家。他们开发大片沙漠建造的自贸区，由于政策优惠，吸引了全球五千多家公司来此落户，自贸区每年给这个酋长国带来27%的经济收入。

著名的棕榈岛就是一项成功的开发项目，始建于2001年。棕榈岛是世界最大的人工岛，被誉为"世界第八大奇迹"。当时规划建三个棕榈岛和一个世界岛。世界岛设计成世界版图形状，以吸引各国来此投资开发建设。建成以后就以该国家命名，比如英国岛、法国岛，上海岛代表中国。目前只建成了一个棕榈岛。

棕榈岛坐落于波斯湾沿岸，在迪拜的最西边，绵延十二平方公里，由树干、树冠和新月形围坝三部分组成。从填岛到建成花了七年时间，2008年落成，耗资一百四十亿美金，以岛上最大的亚特兰蒂斯酒店开业为整个工程竣工标志。亚特兰蒂斯酒店建在"树干"顶上最大的一座围坝上，这是一个标注五星、被誉为六星级的超豪华酒店（帆船酒店为七星级）。岛上环绕"棕榈树"的围坝上全部是五星级酒店。围坝从表面看与"棕榈树"并不相连，但在海底，蜘蛛网似的隧道四通八达，将"树冠"与围坝连在为一体，可以往来穿梭。"树冠"上都是一栋栋私人别墅，别墅门前就是私人海滩，可以停置游艇。每栋别墅售价约五六百万美元，据说因供不应求价格还在上涨。别墅价格也不尽相同，越往海中间海域面积越宽，价格也越高。

将人工岛建成棕榈树的形状，是因为棕榈树是这个国家唯一适合生长的树种，也是迪拜的国树。这种树耐旱性强，还能结果生长椰枣，所以也叫椰枣树。棕榈岛上种有一万两千棵椰枣树，每棵树一年要耗资一千美金来维护。这些树也是人工滴灌，滴灌用水是简单处理过的废水。在这个滴水成金的地方，废水也是不能流失的。

椰枣是迪拜唯一出口的产品，传说是真主安拉赐予的神果。每年1月份挂果，8月份成熟。由于没有雨水，口感特别甘甜，含有人体所需的多种微量元素和矿物质。据说在沙漠里如果没有水和食物，一天吃七颗椰枣就能活下来。每年8月也是椰枣节，在椰枣节上评定椰枣当年的价格，根据椰枣树的年龄，椰枣的口感、产量、产地和个头大小来定价。每棵椰枣树可以挂果四十串，但在采取时必须留下五串，不然椰枣树就存活不了。一棵椰枣树可以存活百年，所以椰枣树可以传代。在过去，当地人计算家庭财产时，其中一项就看这家人有多少棵椰枣树（一棵椰枣树相当于人民币 3.6 万元），还要看有多少牛、羊、骆驼和鹰。

鹰在过去是阿拉伯人不可或缺的生活依靠，视为家庭成员。鹰经过训练后成为猎鹰，可以寻找水源，狩猎时还能找到猎物。如今有钱人仍把鹰当作宠物，一头鹰的价格从几千到几万元不等。主人如果出行想带上鹰，要为它办理护照，与人同等待遇。在卡塔尔、阿联酋等当地航空公司，如果主人乘坐商务舱，鹰可以和他们一起上飞机，不用托运。鹰在这个国家有崇高的地位，许多皇室成员都有宠物鹰。阿布扎比有一家世界最大最豪华的猎鹰医院，帮它们看病做手术，它们有高贵的病房。医院还给鹰梳羽毛、剪指甲、磨尖嘴，帮它们配种。在他们那里，人看病是免费的，但是鹰看病要收费，鹰比人更高贵。

拥有一只鹰也是男孩子长大成人的标志。男孩子长到十三四岁的时候，要自己去捕获一只鹰，然后亲自驯养，这只鹰就一直跟随他。当地每年还有猎鹰比赛，看谁的鹰飞得高飞得远，最早发现猎物。

迪拜还建有中国商品市场——龙城。建有提供给外国人居住的住宅——国际城，可以租住可以购买。

迪拜是一个只有沙漠、海水，石油资源并不多的地方，却成为以新潮、时尚、奢华为代名词的现代化国际大都市，它的许多鬼斧神工的建筑令世界惊叹，这一切源自他们超前的思维和理念，他们要发展，要创新，要成为世界第一。

迪拜到欧洲、非洲、亚洲都只有几小时的航程，利用这一地理位置的优势，迪拜挖出了世界最大的人工深水港——杰贝阿里港口，用于物流中转。

这里有世界最大的豪华购物中心——DubaiMall，这是集艺术长廊、娱乐美食中心、购物天堂于一体的巨型建筑群，总投资两百亿美元，面积相当于百个足球场大。有种类齐全的世界知名品牌。有世界最大的音乐喷泉和水族馆。有世界最高的哈利法塔，高达八百二十八米。

与哈利法塔遥相对应的帆船酒店，是迪拜给世界送出的第一张名片，世界因此而知晓迪拜，迪拜因此而名噪天下。酒店如一艘巨型的帆船，倒映在碧波湛蓝的海水中，仿佛随时准备扬帆起航。帆船酒店，不论是远观其形，还是近赏其中，无不精美绝伦，令人震撼。

迪拜成功申办到 2020 年世博会，现在正在沙漠里建筑各国场馆，建泳馆，盖酒店，修公路。他们要建世界最大的游乐场，建世界最大的航空港——阿勒马克图姆国际机场，预计在世博会召开之前竣工。

2020 年，迪拜又将以崭新的面貌呈现在世界面前。

2016 年 3 月于南京

南山会记

　　环湖皆山也。其峰逶迤，泽薮幽美，望之繁茂而毓秀者，南山湖也。绕行数里，其间净湖如鉴波光鳞鳞嵌于重峦之间也。峰回路转，有别墅屹立于湖畔者，百花苑也。苑主为谁？南山儒者也。但见深院篱落，瓜果牵挂，明窗几净，云章自书。儒者迎客饮于此，皆合道同人睦邻友好也。坐中名谁？张氏、商氏、丁氏、双陈伉俪十人也。珍馐美酒，觥筹交错，山珍野蔌，别有异味。众甚欢悦，少饮即醉，醉者之意不在酒，在乎山水之间也。山水之乐，得之于情而寓之于酒也。

　　若夫日升中天，云开林出，湖光潋滟，霞蔚云蒸。南山四时之景，其乐亦无穷也。春华含笑，夏翠欲滴，秋景如妆，冬淡似眠。适霜色三分，金风聚会，更胜却人间无数。

　　盛宴之下，儒者游而宾客从也。树影斑驳，鸣声远近，游人乐而禽鸟亦乐也。禽鸟之乐于山水，众宾之乐于儒者，饮能同其醉，醒能同其游。儒者为谁？百花苑主张继祥也。

　　2017丁酉年九月十八，余兴会以记之。

溱湖湿地公园拾趣

溱湖国家湿地公园位于江苏中部里下河地区。园内有九条河流互为交通，登高俯望，形似"九龙朝阙"，颇为壮观。

穿行于湖滨小路，忽然一只高傲的黑天鹅从湖面喧叫而来，驱赶着一只白鹅，紧追不舍。白鹅在它的追逐下，落荒而逃。可是黑天鹅并不甘心，"直将胜勇追穷寇"，直到把白鹅驱赶上岸方才罢休。原来，就在不远处，黑鹅太正在孵育后代，黑天鹅认为这片水域是它们的领地，"卧榻之旁岂容他人鼾睡"，面对外来涉足的白鹅，黑天鹅表现出大无畏的丈夫精神，坚决予以驱逐。可怜的白鹅被驱赶上岸，只能冲黑天鹅叫嚷几声，表示抗议，也算是给自己找个台阶下。凯旋而归的黑天鹅根本不屑白鹅的叫声，昂项挺立，警戒地巡视着湖面，守护自己神圣的家园。

走过一段泥沙小路，来到了不远处的麋鹿自然保护区。

麋鹿是鹿的一种，它的外形很奇特：角似鹿，面似马，蹄似牛，尾似驴，所以又称"四不像"。在《封神榜》里姜子牙的坐骑就是麋鹿，由此更增添了它的神秘感。

麋鹿生性胆小，一般不敢接近人，常躲在偏避的角落远离人群。麋鹿食量非常大，一头麋鹿一年要吃掉近40亩草地，并且连根吃光，所以这里的麋鹿食草供不应求，要从外面调运。麋鹿公鹿头上长角，母鹿不长角，每年元旦前后鹿角会自动脱落，脱落下来的鹿角没什么价值，到5月份又长出新角。

5月份还是麋鹿的发情期。这个时候要举行鹿王争霸赛，只有公鹿参加，母鹿观战。鹿王争霸赛非常残酷，因为有严格的规定，所以不是所有的公鹿都能参加，必须符合条件：第一，年龄要在五岁以上。麋鹿五岁成年，未成年不能参赛。第二，要看长相，就是看鹿角。鹿角要长得端正，如果长成畸形或者鹿角有破损都不能参赛。PK还分等级，不能以大欺小，个头大的和个头大的PK，个头小的和个头小的PK，公平合理。所以争霸赛可以分成大小几个群，一个群产生一个鹿王。只有在这种情形下角逐出来的鹿王才是真英雄。争霸赛没有人指挥，没有人组织，公鹿们分大小自然组合成几个群。据说有一年的争霸赛，一头相对小一点的麋鹿与一头壮硕的麋鹿相遇了，个头小点的麋鹿大概自觉力量不敌对方，正面进攻难免吃亏，于是灵机一动，就在双方即将对撞的一刹那，个头小的麋鹿身子一偏，一个箭步冲上去，尖锐的鹿角一下划破了壮硕麋鹿的腹部，顿时开膛剖肚，肠子内脏拖了一地，壮硕麋鹿倒地身亡。

这年的鹿王争霸赛，死去的公鹿达二十多头。

一旦赢得冠军，这个鹿王就拥有了占有整个母鹿群的权利，其他公鹿不得染指。鹿王的任期其实只有三个月，而这三个月正是麋鹿的交配期，三个月后母鹿进入妊娠期，鹿王完成了神圣使命，也就自动下岗了。在这三个月里鹿群自然分成两部分，一部分是鹿王带着整个母鹿群生活在一起，另一部分则是所有战败的公鹿生活在一起。鹿王在这三个月里非常辛苦，一群母鹿等待它宠幸，它需要公平对待，一视同仁，不能厚此薄彼。一方面要没日没夜地交配，承担繁衍后代的重任；另一方面要保证母鹿的忠诚，防止母鹿与公鹿私奔，还要防止公鹿往母鹿群里偷袭，所以这段时间鹿王几乎过着无休无眠的生活，会消瘦十多公斤，好长一段时间才能恢复过来。麋鹿的繁殖力不高，孕期大约九个月左右，每胎只能生产一崽。

窃想，低等动物到底不如高级动物聪明，同是君王，人有三宫六院七十二妃，不比鹿王拥有的母群少，却完全不必像鹿王那样辛苦，防这防那的。人把母群身边的公群全阉了，可以高枕无忧毫无顾虑地独享母群，哪里用得着像鹿王那样四处驱赶，担心母群又担心公群，把自己弄得筋疲力尽。

再一想，人类虽然聪明，但聪明过头了就走邪道。人家麋鹿不干这事儿，老老实实，本本分分，凭实力争霸鹿王，既不恃强凌弱，又公平公正。私忖，人类要是大脑再退化那么一点儿，这个世界是不是太平多了？也干净多了？

告别麋鹿，穿过小道，一潭湖水映入眼帘。不远处一只丹顶鹤形吊影只地独立洲头，头上的丹顶显示它已成年。丹顶不但标志成年，还会随着季节的变化和情绪的高低有所改变，春天颜色亮丽，冬天则暗淡。心情好的时候顶上的红色圈就大，颜色也鲜艳；郁闷的时候颜色变暗，红圈也会缩小。发情期红圈也会变大。丹顶鹤寿命较长，一般可存活五六十年，所以是长寿的象征。丹顶鹤的爱情观十分感人，它们奉行一夫一妻，一旦成为夫妻则地老天荒，永不变心，且从一而终，中途丧偶决不改嫁或者续弦。这只独立洲头的丹顶鹤她的丈夫已然仙去，她便独自生活，难怪看上去郁郁寡欢，项圈较小，颜色晦暗。

　　正为丹顶鹤的爱情感叹时，有人提到了鸳鸯。不是常说"只羡鸳鸯不羡仙"嘛。有人立即更正：千万别被鸳鸯的假象所迷惑，鸳鸯是地道的"情圣""花痴"，对爱情朝秦暮楚。原来，人们通常看到鸳鸯都是出双入对，形影不离，因此以为它们是恩爱有加，伉俪情深。殊不知鸳鸯禀性喜新厌旧，经常变换情侣，那个身边的它早已不是发妻发夫，不知是小三还是小五、小六了。鸳鸯的感情只稳定在发情期，发情期一过便另结新欢了。人们对鸳鸯实在是错爱了。

索道惊魂

　　山东崂山，从空中俯视如一只巨鳌，故而也叫鳌山。相传秦始皇登过此山，由八人大轿抬上去，深感费力不易，于是称其为"劳山"。到了民国时期将"劳"改为"崂"，取其山势之意。崂山东高西缓，东边悬崖傍海，西部丘陵起伏，山区面积446平方公里。

　　崂山还是中国万里海岸第一高峰，素有"海上名山第一"之称，历代无数文人墨客到此驻足流连，吟诗作赋，距今最近的康有为曾题诗赞曰："泰山虽云高，不如东海崂"，可见他对崂山之爱。

　　崂山划五大景区，华楼峰为其中之一。华楼峰是崂山东部的一座石峰，高30余米，由一块块方形岩石鬼斧神工般叠摞而成，宛如一座高楼耸立云端，故称"华楼"。华楼景区诗词字幅最多，书于摩崖嵌于石刻，但十分遗憾，许多石刻在"文革"中被砸碎铺路，目前尚存70多处，五千多个字迹。为此揽胜者络绎不绝，游人如织。

现代人登山已不必双脚登两手爬，可以选择索道，乘坐缆车，无限风光尽收眼底。

华楼景区索道全长 1600 米，为单循环双座开放式吊椅，缆车四面通透，有一个简易遮阳蓬。单程 21 分钟。

时值八月，这天太阳并不毒辣，也没感觉炙烤，天空飘着几朵浅淡的云，掩去了如火如荼的酷暑炎热。

我们一路缆车上山，穿峡谷，过险峰。抵达"华山"后再拾级而上，登华峰，览石刻，观美景，拍照留影。这是自儿子上学以后，直到高中毕业，间隔了十多年，一家三口难得的一次旅游。一个多小时以后，按照导游的约定，下午 2 点至索道口乘缆车下山。

上缆车前，颇有安全意识也有恐高症的儿子，抬头看看天色，再打开手机查看天气情况，天气预报无雨。和上山时一样，仍是我和儿子共一辆缆车，良人一人单乘，只是这回他在我们前面一台缆车里，他说可以为我们拍照。

缆车穿行于两座大山之间。举目是崇山峻岭，奇峰异石；脚下是深不可测的峡谷，河流杂树灌木草丛，一览无余。一来一去两股索道迎面相会，一边是下山的游客，一边是上山的游人。良人转过身，手里举着手机兴奋地为我们拍照。

就在我们的缆车走了大约不到 500 米的时候，天气突然骤变，老天像是变了个戏法，瞬间把一团乌云从云层后面扯了出来扣在了整个峡谷之上，没有一点预兆，没有一点前奏，猛然拉开闸门，雨水顷刻间从天而降，蚕豆大的雨点串成一道道雨鞭抽打下来，劈头盖脸，雨鞭很快连成片，倾盆而下，铺天盖地，缆车里的游客顿时成了落汤鸡。我的眼睛被雨水浇打得睁不开，连个眨眼的间隙都没有，镜片成了水帘，全身湿透。耳边传来轰隆隆的雷声，伴随闪电的炸响，一阵接一阵，让人不寒而栗。我手搭雨帘觑看儿子，儿子穿了条短裤，白色T恤已经完全浇透吸附在身上，他紧闭双眼，两手紧紧抓住护拦。儿子恐高，他本来就害怕坐缆车，陡峭处不敢张望。他双腿裸露在外，冷得瑟瑟发抖。我一手抓住缆车，一只手紧紧挽住儿子的胳膊，想给他一点温暖，给他一点力量。我在心里默念：快点、快点，缆车快点吧，快点把我们送到对岸……我的祈祷还未结束，突然又刮起了大风（后来知道是八级大风），缆车摇晃了起来，我的心也一下提到了空中。大雨在狂风下横扫缆车，缆车随风摇荡，轻浮得像一只只汽球，随时有吹落的危险，我害怕极了！就在这时，听见索道管理处的广播："各位游客，由于天气原因，为了大家的安全，索道暂时停止运行，停止运行。"话音刚落，索道停止不动了。两百多名游客，上自年逾古稀的老人，下至不足3岁的幼童，就这样"被安全"地悬吊在通透的缆车里，任暴雨浇注，狂风肆虐，雷电追逐，自生自灭。此时我们乘坐的缆车，悬在两座大山之间，无援无助，感觉命悬一线。广播还在继续，一遍又一遍，在我听来那是绝望的声音，似天堂在召唤，是生之阻绝，死之索函。

良人在前面的缆车里高喊："你们闭上眼睛，抓紧护拦。"我和儿子异口同声："你保护好自己。"我颤抖的胳膊感受到儿子的寒战，头顶的遮阳布不时地倾下一帘雨水正好泼到儿子腿上，他冷，但他不敢动弹，不敢避开，眼睛始终紧闭着。我想鼓励他别害怕，可是大风噎住了我的声音，头上身上雨水淙淙，凉入骨髓。缆车在空中荡如秋千，再看脚下是深壑绝壁，掉下去就是粉身碎骨，我心里好害怕，紧紧挽住儿子，他成了我的依靠。儿子感受到了我身体的痉挛，安慰道："只要不构成共振就没关系。"我颤抖着声音问他："什么是共振？"儿子闭着眼睛低着脑袋，尽量避开雨水，向我解释："只要我们俩的颤抖和缆车的晃动不在同一频率上，形成不了共振，缆车就不容易掉下去，所以不用害怕。"我听了又想笑又想哭，感觉儿子长大了，在这种情况下还能用科学原理来安慰我，我感到莫大的慰藉。

儿子哆嗦着说："要是有根绳子就好了，我们就可以下去了。"看着雨人般的儿子，我刚满18岁的儿子，我想到了贵州马岭河缆车事件，那个用双臂托起女儿的父亲；我想到了儿子小学课本中的那只老羚羊，那只身临绝境走投无路首跳悬崖的老羚羊……如果真有那一幕，我就效仿那只老羚羊，让儿子踏着我的身体跳下去。

这时有人在缆车里号叫："怎么还不启动啊？"带着哭腔，

承受不了这种魂飞魄散的煎熬。

老天对我们的酷刑终于施足，筋疲力尽了。大雨渐渐小了，风力渐渐趋缓，缆车重新启动，但速度没有达到正常。一会儿风再起，缆车再停，再行，再停，再行，如此反复，走走停停，其间雨水未断，雷鸣不止。慢慢地，走过一段，再一段，又一段，终于看见了索道口！三十几分钟，半个多小时的历程，仿佛走过了一个世纪。

惊魂之日：2016 年 8 月 1 日

无花之雪

南方很少下雪，每到冬天见到北方漫天飞舞的雪花，晶莹剔透的冰棱，天地共银装一色，总是羡慕不已。就在一周前，南京天气预报 25 日将有大雪，并且是暴雪，便一直期待这场大雪的到来。到了 24 日，上午居然露出了太阳，还阳光明媚，一副小阳春的娇艳，心想太阳都出来了，这雪能下来吗？

但是如今的天气都是雷达监测，天气预报准确率非常高。于是从政府到百姓都不敢轻视。早早作好预案，组织人马，预备下车辆、工具，准备大雪一落，立即在全市主要街道清障扫雪，畅流交通。幼儿园、小学已准备暴雪日放假停课，为此全市小学提前进入期末考试。持家过日子的人已储备好菜，准备迎接大雪的到来。

科学真是令人信服，到了下午天气一下阴沉了下来，太阳不知何时没了踪影，还突然刮起了大风，地上的落叶一路吹跑，你追我赶。

下午四点来钟，天上无声无息地飘起了纤柔的小雪花，心里一阵激动，你终于来了！隔着车窗凝望它，像是见到久违的朋友，我的眼里也有了泪花。小雪花起初来不及着地就在空中隐去了，后来越飘越多，越来越密集、急速，不久，屋檐上、窗台上、树梢上、路边上，一切静物上开始着了一层花棉。一个多小时以后，天色灰暗下来，街上亮起了路灯，雪花在灯光照映下成橘色、透明色，越来越性急地要赶往这个世界。

路上行人加快了脚步，开车的司机加大了油门……夜幕降临之际，正常下班的人已经陆续回到了家，把纷扬的大雪挡在了屋外。

第二天，25日。一早醒来，拉开厚重的窗帘，一道强光刺入眼睛，目之所及白茫茫一片，到处铺着一层厚厚的雪绒，大地被化了白色，只有院里的小池塘呈现一方深色。马路上的绿化带被雪淹没了，树枝树叶成了冰棍霜团。行人放慢了脚步，在雪地上小心翼翼地走着。马路中间是一道道深浅不同的白色，那是汽车碾压的车辙印。雪还在不停地下，路面铺了一层又一层，汽车碾压一道又一道。司机们谨慎驾驶，车顶上的积雪像一片片白云，仿佛天上的云朵飘浮到了地上。

暴雪挟着狂风席卷而下，想起梁晓声写的《今夜有暴风雪》，想这大概就是暴风雪了吧。但和我想象的不一样，我以为暴雪应该是大朵的漫天飘舞的雪花，比如鹅毛大雪，比如"大如手""大如席"的雪花。我仔细看这雪，除了密集、快速可以称得上"暴"外，这场雪没有花，之前看见的纤柔的小雪花只是暴雪之前的序幕。这雪是那种细小的绵软的雪颗，就像谢道韫兄妹所咏"撒盐空中差可拟""未若柳絮因风起"，比起"柳絮"这场雪更像"撒盐"，落到地上晶莹剔透，还能被风吹起，像沙漠里的细沙。良人说，在他们老家管这种雪叫"泡雪"，意思是像泡沫一样轻浮。的确，这雪是散的，双手捧起已撒了一半，握在手里不容易团紧，团到最后只是一个小小的雪球。

无花暴雪还在紧密地下，风口上几成横扫的发丝，树木摇摆不定，周身"细盐"抖落一地，时而被风掀起阵阵白雾；避风处又像空中扯下的根根银线，编织着大地洁白的丝绵。我想起清明时节的雨，润物无声贵如油，这场暴雪是润物细声兆丰年。

可是，没有花的雪，好比没有风花雪夜的恋爱，多少有点遗憾。

2018 年 1 月 25 日于朗诗

对面的风景

　　在层高低矮的房间里坐久了，便觉得憋闷，想到阳台上透透气，眺眺远方，舒展一下心胸。可这是我的一厢情愿。阳台对面，间隔不到二十米就是一幢高楼，我站在四楼的阳台上，仰视能看见它的楼顶边缘。高楼四平八稳地坐立眼前，将我的视线堵了个严实，那一扇扇窗口白天看起来成了一个个黑洞，像一只只瞳仁盯着对方，我不想与它对视，有种被吞噬的感觉。转而向东，东面一排阳台是我的邻居，再往远处看，发现不知何时树起了一幢公寓，面黄体胖，敦敦实实地杵在了我的视线内——我再也看不见东方破晓的朝霞了。掉头向西，绿地广场上的摩天大厦高耸入云，大厦顶上的避雷针直插云霄，看得我眩目，假若它要躺倒一定头枕我家。环顾东南西一个半径，两眼无处可栖，一阵郁闷，只得折回屋里闭目养神，调心顺气。

　　又是个极平常的日子，我在阳台上晾衣服，不经意地朝对面瞟了一眼，不觉眼睛一亮，对面一户人家的窗台上飘动着几片绿叶，绿叶在阳光的照映下油光鲜亮，再仔细一看，原来是花盆里长出来的一蔓植物，花盆就放在窗外的护栏上，那植物沿着护栏正悄悄地向上爬。因为太稚嫩，细细的蔓藤不易看出来，远远地，只见几片绿叶飘挂在窗台上，格外吸引眼球，我一阵欢喜，为眼睛，更为心灵找到了一片风景。于是，我每天站在阳台上，观赏那株不知名的植物。

它的长速非常惊人。护栏上到处是绿叶，这里几许，那里一片，绿得抢你的眼。在叶片中间，隐隐约约露出几点鹅黄，那黄在一天天长大，没过几天，终于看清那是植物开出的花，几朵小黄花，小黄花在繁茂的绿叶怀抱里努力长大。可是有一天，一场暴雨袭来，浇湿了叶片，打落了黄花。主人站在阳台上，看到只剩下了一朵小黄花，好甚心疼。主人对它更加爱护了，我每天见他在阳台上早一次晚一次地给植物浇水，为它施肥，给它营养。终于有一天，这朵长大了的黄花托起了一只圆圆的小球，呀，那是植物结出的果！

那圆圆的小球好似回报主人倾注的爱，它吸收阳光，汲取养分，一天一个样地成长。绿叶也不负主人一番情意，支撑起一片浓荫，为成长的果实遮风挡雨。它已经有拳头般大小了，主人兴许担心藤蔓承载不住它的重量，就在护栏上绑了一只小篾篮，托住那只愈长愈大的果，让它无忧无虑地生长，主人的细心令我感动。如今，那扇窗看上去绿叶摇曳，青萝碧蔓，就像镶嵌在对面楼上的一牒葱玉，明亮通透，温润了我的眼。

我钦佩主人没有风景营造风景的精神，感谢他在钢筋水泥高楼林立境况下为我展现一幅清新的画面，让我看到了他心中的那片美丽风景。是啊，只要心里有风景，天涯何处无佳境。

　　造佳境者谓之谁？吾家良人也。

后记

　　这些年工作之余一直在写，边读边写，读前人的书，感身边的事，写自己的字，兴起落笔，应物斯感。

　　《对面的风景》从数十万文字里挑选汇集而成，其中有鲜花有青草，有咖啡有清茶，但愿读者喜欢，不为震撼心灵。

　　在此我要特别感谢周世康先生，对本书出版给予的鼓励和鞭策。感谢王珊珊女士付出的精力和劳动。最后要感谢吾之良人陈光荣，他似我心中的一道风景，一轮红日，带给我美好，带给我光明，让我得以保存对生活对生命的一份热忱，一份激情，感谢他一路伴我追梦，协力助我圆梦，以及为本书出版贡献的智慧。

作者

2018 年 4 月